徳間文庫

アリスの国の殺人

辻　真先

徳間書店

目次

アリスのくにのさつじん
リリカルなお噺（はなし）から転じ
スリル駄洒落（だじゃれ）を綴（つづ）りつつ
のりまくってみたいのさ
くしんのギャグと殺人の
にせアリスものがたりに
のんきな作者は白々しく
さまにならないＣＭ用の
つまらん文句を考えマス
じけんも題もとんぼ返り
んじつさのにくのスリア

第1章

だれがアリスと結婚するの?

だれがアリスと結婚するの?

そのとき、綿畑克二（わたはたかつじ）は歩いていました。

歩くというこの動作、年収・納税額の如何（いかん）にかかわらずだれでもやってのけている単純な反復アクションでありますが、よく考えてみると、どうしてひとすじ縄でゆく動きではありません。たとえば克二が、右足から歩を進めるつもりであったとしましょうか。左の軸足がかれの全体重を支えているあいだ、右足は地上

xセンチの空間から、地表にむかっておろされようとします。当然、かれの足はその途中——たとえば$x/2$によってあらわされる、中間の一点を通らねばなりません。また、その点と地表のあいだに横たわる中点、$x/4$センチを通過する必要があるのも、自明の理です。もちろん、その点と地表のあいだに存在する$x/8$センチの位置をも通ります。さらに$x/16$センチの点を……ということになり、以下無限にくりかえします。無限に分割可能な、宇宙空間にも比すべき巨大な距離を、有限時間内に踏みこえるなんて。

信じ難い奇蹟をやすやすとやってのけている二本の足に、克二はひそかに敬意をはらったものでした。えらいもんだ、おれの足は。ころびもせずにちゃんとおれの上半身を運んでいってくれる。……待てよ。それにしても足のやつ、おれをどこへ連れてゆくつもりだろう。ここで克二は、やっと前方に立つ人物に気づきました。黒いガウンのようなものを着て、首に十字架をぶら下げています。よく光る金色です。18金でしょうか。もしあれが24金だとしたら、ちょっとした値うちものです。まるで神父みたいな男だなと、克二は思いました。

神父さんといっても、むろん人間です。人間は神の子であるのに、なぜ人間に神の父がいるのか、とすると神母はどこにおいでなのでしょう。いずれにせよ、神父さんだって、ときには大衆食堂で一杯四百五十円のチャーシューメンをすすり、乗車率二百パーセントの国電でもまれていらっしゃるかもしれないのに、幸か不幸か克二はお目にかかったことがありません。

かりに正面の人物が、まさしく神父であったとすると、いったいいかなる理由があって、克二はその前へ進み出ようとしているのか。すくなくともおれはクリスチャンではない、とかれは思いました。その自分が、多少でも宗教的雰囲気にひたる機会があるとするなら、

A　バレンタイン・デー

Ｂ　クリスマス
Ｃ　結婚式
Ｄ　葬式
の四つのケースくらいではないでしょうか。

そこまで考えたとき、克二の耳もとでくすっとかわゆく笑う声が聞こえました。

すてきに耳ざわりのいい声です。

ひょいと見ると、いやに白っぽい女がなれなれしく克二と手を組んでいました。白いといっても、のっぺらぼーの妖怪ではありません。純白のヴェールと純白のウェディングドレスに包まれて、少女の頰（ほお）はバラ色にかがやいておりました。

とたんに克二は、宗教的雰囲気に関する問題の正解が、Ｃであることを悟ったのです。

「カツジ」

彼女は笑いをこらえながら、かれにささやきました。

「あなたが真面目な顔してると、とってもおかしいわ」

「大きなお世話だ」

と、克二はやりかえしました。

「真面目はおれの地なんだよ」

「でも、すてき。男らしく見えるから」

「それじゃあ、いつものおれは女らしいというのかい」

「しっ」

アリスが、形のいい唇に指をあててみせました。

「おしゃべりはやめましょうね……今日は私たちの結婚式ですもの」

おれとアリスの？

克二は戸惑いました。

そもそもなぜ自分は、彼女の名をアリスと知っているのでしょう。なぜ自分が、アリスと結婚する羽目になったのでしょう。

いや、こんな場合に「羽目」という否定的言辞を使うのは、妥当とはいえません。見るからにアリスは愛らしく、克二好みといわず最大公約数の男性にアッピールする魅力をもっていました。年はせいぜい十六、七、金髪で上背があるので大きく見えているのだとしたら、まだ十二、三歳の可能性もあります。光源氏が紫の上を愛でるような気分で、克二は眼を細くして、わが花嫁をうっとりと眺めました。

「わかったよ、アリス」

ためしにそう答えてみますと、笑くぼを刻んだ彼女は、克二を見て小さくうなずきました。もう間違いありません。花嫁の名はアリスなのです。

その名に記憶があるとすれば——それはルイス・キャロルの童話『ふしぎの国のアリス』でした。綿畑克二の大学での専攻は児童文学ですし、いまも児童書出版では一流の幻想館につとめているので、アリスの名はおなじみでした。

「なにをきょときょとしておるのか、あの者は」

いがらっぽい声が、少しはなれた場所から聞こえました。アリスが鈴をふるような声だとすれば、こっちはカバがうがいするような声です。

「まこと、落着きのない聟どのであるな」

「余が思うに、かれはアガっているのであろう」

トランプから抜け出したような女王と、その亭主らしい男がしゃべっていました。カードそのままなら、王と王妃であるべきですが、女はカバが顔を赤らめるほどのLLサイズだし、男は即身仏みたいに水気がなくなっているので、どう見ても女上位の王家だったのです。

「今日はめでたい日であるからして、むやみにいわんでくれよ……『首を切れ』と」

亭主が心配そうな顔でささやいている。そのとなりに丈の高い帽子をかぶった、寸詰まりの男がかしこまっています。三人とも、いわずと知れた『ふしぎの国のアリス』の登場人物でした。

「わかっておる」

と、女王は不機嫌そうに答えました。

「なれど、わらわの口ぐせは、パブロフが申す条件反射なのじゃ。出ものはれもの所きらわずというではないかえ」

女王さまにしては、下世話な諺(ことわざ)をお使いになりました。

『ふしぎの国のアリス』が克二の愛読書なら、パブロフの条件反射も学校で習ったおぼえがあります。なるほどと、かれは心中うなずきました。これは夢です。夢の中の世界なのです。現実に見、聞き、ためした体験がさまざまに形を変え、モザイクのように組み合わされて、睡眠中の脳を刺激しているのでした。それにしても、結婚式とは念が入っています……現在の克二が、結婚願望にとらわれているくせに、実現困難であせっているのはたしかに事実でしたから。

「アリス」に登場する女王は、ふたことめには首を切れ、死刑にせよと叫んでいました。そのへんの事情は、夢の中でも同様とみえます。

「では、こうなされませ」

と、帽子屋がうやうやしくいいました。

「ご立腹のあまり首を切りたくなられたときは、お手持の笏で、そやつをぶんなぐるのでございます」

「そやつとは、どやつであるな」

「こやつでございます」

帽子屋は、自分のシルクハットをぬいで、中からひょいと兎をつかみ出しました。ティー・パーティ用のかくし芸に、手品を習っていたのでしょう。

「こやつは、狼のおやつになるところを、ここへ逃げこみました白兎」

「シャクにさわるたび、シャクでなぐれと申すのか。言語による破壊の衝動を、行動に置きかえた代償行為であるな。その方のアイデアには、シャッポをぬぎまする」

「帽子をぬいだのは、私めでして……おほめにあずかるなんて、とんでもない」

「いやいや、とんでる発想じゃ。センスがありまするぞ」

女王はさっと扇子をひらいて、帽子屋を煽ぎたてました。

原作に忠実な兎なら、三つ揃いを着て、チョッキから懐中時計をぶら下げているでしょうに、なんの手違いか、大国主命に会う直前タイムスリップしたとみえ、赤裸で寒そうでした。そこを煽がれたのだから、たまりません。

「はーくしょ！」

帽子屋に二本の耳をつかまれたまま、兎は大きくくさめをしました。

そのとばっちりが、女王の広大な顔にかかったので、彼女はきりきりと眉(まゆ)を吊(つ)りあげました。

「ちーっくしょ！」

笏をかざした女王は、兎を発止(はっし)とぶん殴りました。白秋(はくしゅう)・耕筰(こうさく)の場合なら、ころりころげるところですが、笏と木の根っ子では、肌ざわりが違ったらしく、兎はぱっとふたつにわかれました。

井上ひさしを読んだことのある克二は、てっきり兎が鵜(う)と鷺(さぎ)にわかれ、風を食らって逃げ去るものと思ったのに、意外やそこにはアメリカ国旗をひるがえした、制服の兵士が立っていたのです。

その心は——ははあ、ウサギがUSAとGIになったのかと、とっさに克二は考えました。考えるのはホッサ的でも、足はさっさと歩いてくれません。奇妙なことに、先ほどからえんえんと歩いているにもかかわらず、さっぱり神父に近づけないのです。夢でしばしば体験する、あの歯ぎしりしたいようなじれったさを、克二は感じました。まごまごしていると、いつなんどき気まぐれな女王が、

「首を切れ」

だの、

「死刑にせよ！」

だのと、さわぎだすかわからないではありませんか。不安げに克二は、もう一度アリスの横顔に、眼を走らせました。少女マンガのヒロインみたいに長い睫毛、すっきり通った鼻すじ、きゅんとむすばれた唇。たとえ夢の中とはいえ、こんな美少女と結婚式をあげることができるなんて。それも、女王が列席している盛大な結婚式なのです。

どんなもんだ、と克二は思いました。『ふしぎの国のアリス』は、かれの愛読書ですが、それ以上に主人公アリスは、かれにとって永遠の恋人であったのです。はじめて克二がアリスに出逢ったのは、まだ小学五年生のときでした。ほんのダイジェストの「アリス」でしたが、挿絵はキャロルも気に入ったといわれる英語版のテニエルのものを、そのまま使っていました。読み慣れたマンガに出てくる女の子とちがって、誇張のすくないキャラクターが、克二少年の眼にいたって新鮮に映ったようです。むやみに眼が大きくなくても、足が長くなくても、かわいい女の子の絵が描けるもんだなあ……性格的にも、アリスという少女に、克二は好感を持ちました。ふしぎの国に通ずる穴を、どこまでもどこまでも墜落してゆきながら、彼女はちっともあわてません。女の子らしく、泣いたり怒ったり感情の激するときはあっても、ふだんの彼女は自分を客観視する余裕を持っていました。それにひきかえ、同級の女どもの、なんというがさつさ、ヒステリーぞろいであることか。入学早々、一年上級の女の子にいじめられてべそをかいたことのある克二は、五年生になっても、女生徒とうちとけようとしませんでした。

（女はこわい）

それが、克二の女性に関する原体験であったのです。

中学にはいり、高校にはいり、大学にはいり——その度に克二は、自分の年齢にふさわしい「アリス」を買い求め、少女アリスに再会しました。むろん、いつの場合もテニエルのイラストがはいった版を買いましたから、アリスは、かれが小学生のとき逢ったおなじ表情おなじ髪型おなじ衣裳であらわれました。

本の中のアリスは年をとりません。現実の克二は、年をとりました。いくら女性恐怖症のかれだって、一度や二度恋をしています。その結果がどうであったかといえば……いや、いうまでもないでしょう。かれが独身を通している事実が、もっとも雄弁な答えになります。性懲りもなく、かれはいま、身近にいる女性に惚れているのですが、求愛どころか手をにぎる機会すらつかめない現状では、恋が実をむすぶ可能性はほとんどありません。

淋しくやりきれなくなったとき、克二はきまって「アリス」をひらき、アリスに逢うのです。いつだって彼女は、変らぬ姿でかれを歓迎してくれました。なんべん克二は、彼女に慰められ、励まされたことでしょう！

いま、そのアリスが、たとえ夢の中とはいえ、現実の結婚式そのままに、克二の腕にとりすがって、神父の前に進み出ようとしています。

さあ見てくれと、克二は叫びたいほどでした。見ろ見ろ、ミロのヴィーナスそこのけの、これがおれの花嫁だ。彼女が綿畑アリスになるんだ！

長いあいだかかって、やっとふたりは、神父の前に到着しました。夢よさめるな。克二が心に念じていた甲斐があったのでしょうか。式は順調そのものに見えました。

が……

信じられないことが起こりました。だしぬけに、神父が叫んだのです、

「ニャロメ！　うまうまひっキャキャったニャ。逃げようたって、そうはゆかニャい！」

ニャロメ、ですって？　いつかどこかで聞いたせりふです。克二は反射的に神父の顔をたしかめようとしましたが、その一瞬前に、猛烈なショックが、かれの後頭部をおそいました。アリスの悲鳴を夢のように聞いて、床へ崩れ伏しながら、克二の頭をかすめた疑問は、こうでした。

（夢のように？……夢の中で夢を見ると、いったいどうなるんだろう）

第1章

鬼編集長の闘志

1

おんぎゃおおん。

チェシャの声に、綿畑克二は夢からさめた。スナック「蟻巣（ありす）」のカウンターにもたれて、つい居眠りしてしまったらしい。かれはあわてて、「蟻巣」の天井近くにかけられた、古めかしい振子時計と、自分の腕時計を見くらべて苦笑した。そういえば、この店にはいったときも、おなじしぐさをしたっけ。安物の腕時計をはめていると、つい信用できなくなる。

克二の狼狽（ろうばい）を笑うように、チェシャ公が膝（ひざ）の上でまた啼（な）いた。チェシャというのは、この店に年中とぐろをまいている雄猫だ。べつに「蟻巣」のママが飼ったわけではないが、いつのころからかかれは、勝手にここを自分の巣ときめこんだらしい。

ママの由布子も常連の客も人がいいから、なんとなく撫でたり食いものを与えたりしているうちに、いまではすっかり「蟻巣」に腰を据えてしまった。「アリスの猫なら、名はチェシャだ」と、最初に主張したのは、文英社の看板雑誌『少年ウイークリー』の新谷編集長だった。

看板雑誌といってもジャリものかと、鼻であしらわれては困る。つい三年前まで、二百万部を刷っていた『少年ウイークリー』が、今年の正月はなんと三百万部の大台に乗せ、完売という驚異的な売れゆきを示したのである。しかも『少年ウイークリー』は週刊なのだ。

戦前すでにおとなだった人は、大日本雄辯會講談社の『キング』が、百万雑誌を号したことをおぼえているだろう。月刊の『キング』が百万なら、『少年ウイークリー』を月に直せば、なんと千二百万雑誌！

山、高きが故に尊からずという人もいる。そのデンでゆけば、雑誌、売れるが故に尊からず。札束、厚きが故に尊からず。むろん経営者は、マンガ雑誌を尊敬してもらおうとはこれっぱかりも思っていないから、売れさえすればにこにこした。出版なんて、完売できれば紙幣を印刷しているようなものだが、返品されれば汗水たらして紙屑をつくったことになるからだ。

「蟻巣」の常連客は、文英社とかぎらない。

大手から泡沫まで、マスコミ関係者がとっかえひっかえ詰めかける。場所が名にしおう新宿ゴールデン街の一角なので、ときには観光バスから途中下車したような、フリの客も顔を見せた。

実は克二も、そのひとりだった。

去年の暮、ささやかなボーナスがはいった折、歌舞伎町のピンクキャバレーで痛飲し、酔いにまかせて靖国通りをふらつくうち、ゴールデン街へ迷いこんだのだ。あとで考えると、酔ったかれは、都電の線路跡を整備した遊歩道四季の径を辿ったとみえる。

ずっとむかし、まだ克二が幼なかったころ、靖国通りをそれた都電は、肩を寄せあって建つ木造の家並を押し分けるように、お尻をふりふりこの道へはいって、新田裏に抜けていた記憶がある。ご免なさいともいわず、都電はゴールデン街の入口を突っ切っていた。いまの区役所通りから見れば、新宿きっての飲み屋街は、踏切のむこうの離れ島みたいだった。

そんな時分の記憶がのこっていたのか、克二は、四季の径からまた脱線して、L判のハーモニカを倒したような、狭い間口の店がつながるゴールデン街へ、足をふみ入れた。

路地の一本のつけ根で、OLが同僚らしい若者の背を、しきりにさすってやっていた。店の壁に両手をあてて、若者は苦しそうにもどしている。

（女が男を介抱するのか。世の中変った）

苦笑した克二はおれはまだちっとも酔っちゃいないと思い、それが酔っていた証拠であるのに気づかず、もう一軒飲もうと決心した。

見回したものの、どの店も無愛想に煤けた扉を鎖している。勘定の見当もつかなかったが、ボーナスのおかげで気が強くなっている克二は、無造作に一番手近な店のノブをつかんだ。ところが、押しても引いてもあかないのだ。いらだった克二は、酔眼を凝らしてノブをつくづくと見た。

あきれたことに、ノブがついている扉は、それらしく描かれた絵であった。ほんものの扉はひと回り小さく、絵にふくまれる形で設けられていた。眼を近づけると、鏡板に、アクリル樹脂でつくられた「蟻巣」の文字が見える。さらによく見ると、鏡板とおなじ茶褐色にぬられた、目立たない握りが添えられている。

だまされて腹を立てた克二は、握りをつかんで勢いよくあけ、中へ一歩はいったとたんに、なにやら丸くて白いものをふんづけそうになって、つんのめった。

おんぎゃおう。

白いものは無精にも、ひと足だって動こうとせず、独特の啼き声で闖入者の非を鳴らしたが、当の克二はカウンター椅子でしたたか胸を打って、抗議に答える元気もなかった。

これが、克二とチェシャのはじめての対面であった。

かれが——というのは、むろん克二ではなくチェシャの方だが、ぬしのような面構えで居坐っているだけあって、スナック「蟻巣」はふしぎの国を髣髴させた。もっとも、あれはイギリス、こちらは日本である。スコッチと焼酎、洋館と兎小屋の差が如実に反映されて、「蟻巣」のふしぎの国は、おそろしく世帯じみていた。まず、べらぼうに天井が低い。その天井からさがっているのは、乳白色の浅いガラスの笠をかぶった電灯。カウンターは、タバコの焦げ跡をかくすため、やたらにツギが当っていた。カウンター椅子が床に埋めこみになっているのは、酔った客が表へ持ち出さない用心だ。それでは、混んだとき詰められなくて困るだろうと思うと、どこからともなく折りたたみ椅子があらわれて、カウンター椅子の隙間に押しこまれる。

この補助席に坐った客は、よほどの胴長でないかぎり、カウンターにあごをぶつける心配があった。薬を飲んで小さくなったアリスの気分にひたれるはずだ。はいって左側、客席の後ろと、突き当りには壁らしいものがなく、カーテンがぶら下っている。まちがって客がカーテンをあけようものなら、山と積まれたマンガ雑誌、エロ雑誌、エロマンガ雑誌のたぐいが、どさどさと落ちてくる。正面のカーテンには、せま苦しい階段がかくされていた。天井が低いのも道理、中二階があって、ときたま有志が集まり芸術映画の鑑賞にふけったり、終電に乗りそこねた常連が仮眠したりする。そんなとき、かれらはきまって頭にコブをこしらえた。注意に注意を重ねても、つい天井にぶつけてしまうのだ。兎の家で手袋をさがすうち巨人になったアリスの心情を察するのに、しごく便利に出来ている。道楽半分の経営なので、改装する予定も金もないそうだ。ゴールデン街の端っこだから、車の通る道に面していて、しょっちゅう壁がびりびり震えている。ママの気分次第で三日つづけて「閉店」の札が下ったりするが、そんなときでもドアをあければ、常連客がおだをあげている場合があって、信用できない。

当然、飲み代は安かった。

克二のつとめる幻想館は、今年で創立二十八年になる。業界では知られた出版社だが、サラリーが最低水準にある点でも有名だった。使命感に燃えた克二は苦にしなかったが、飲み代が安いに越したことはない。

「使命感？　大げさだよ」

「蟻巣」でちょくちょく顔を合せる、自称三流劇画誌の編集長は、そんな克二を笑い飛ばした。

「本気だ、おれは」

そういうとき克二は、真剣な表情で食い下る。

「児童文学に一生を献げる決心で、幻想館へはいったんだ。人はパンのみにて生くるに非ずさ。良心的な本をつくれば儲けがうすいのはやむを得ないだろう」

「あそこの社長は、文学青年の成れの果てだからな。商売が下手なだけだ」

「下手でけっこう。おれも社長に殉じて、貧乏暮らしで我慢する」

飲むと、とめどなく精神が昂揚し、そのあと睡魔におそわれるのが、克二の酩酊のパターンだったから、相手は安心してからかった。

「おれはちがうね。エログロ劇画で儲けてみせる」

「編集者としての、良心がないのか」

しらふだと対人恐怖症かと思うくらい、気の弱い克二なのに、酔うと別の人格になった。

「あんな粗悪な紙に、へたくそな絵を印刷して……きみたちは、便所の落書を売りつけてるんだ」

「いいねえ、便所の落書！　あそこには人間本来の欲望が渦巻いてる。あのエネルギーを、おれはおれの雑誌に盛りこみたいと思ってるよ」

「話にならん」

なじった克二は、つぎの瞬間カウンターに突っ伏してもう眠りこけていた。はた目にも、所を得たサラリーマンの幸せそうな寝顔である。たしかに幻想館は、克二にうってつけの職場というべきであった――つい二カ月前までは。

2

おんぎゃあーあ。

「赤んぼみたいな声を出すんだな」

と、カウンターの隣りに坐っていた、劇画家の那珂一兵が、克二の膝をのぞきこんで笑った。

「ああびっくりした。私の赤んぼが生まれたかと思った」

おなかを押さえてみせたのは、ママの由布子で、カーテン際に一台だけ置いてあるスロットマシンに挑戦していた、獏谷らむが、かれこそびっくりしたような顔で、ふりかえった。

「え、ママ、出来たのかい」

「うそ、うそ」

由布子に代って、奥の椅子から手をふってみせたのは、中込という広告代理店につとめている男である。ママの近江由布子は、テレビアニメの声優として名を知られた存在で、「蟻巣」はつまり、タレントの副業だ。そして中込は彼女の夫だった。商売柄、旦那もちをPRすることはないが、常連客なら、だれでも由布子ママが中込夫人であることを知っている。当の中込は、美貌で聞こえたタレントを射止めるのにふさわしくない、丸顔の父っちゃん坊やみたいな中年男だった。

「おれはパイプカットしてるんでね。もしこいつに赤ちゃんが出来たんなら、浮気に決まってる」

「そうでしょう……だからおれ、心配しちゃった」

「どうしてらむくんが心配するんだ」

にこりともせず、らむは答えた。

「だってママと浮気したの、おれだもん」

「黙ってる約束だったでしょ」

由布子がいい、中込と那珂は大声で笑った。

獏谷らむ。奇妙な名だが、もちろんペンネームで、最近売り出しているマンガ家のひとりである。つい三年前まで、愛媛県のある村役場につとめていたそうで、そのむらやくばをひっくりかえして、獏谷らむと名乗り、『少年ウイークリー』に原稿を持ちこんで採用されたのが、運のひらくきっかけとなった。

当時の編集長は、マンガ家の名伯楽で知られる明野重治郎。実務は副編の新谷にまかせっぱなしで、専ら明日の逸材を掘りおこすのが生き甲斐であった。

「獏谷先生」

おずおずと克二が口を切った。ママに話しかけたついでに、こっちへも声をかけてくれると信じていただけに、かれの口ぶりは硬い。

「ん」

らむは、依然として克二を見なかった。見ることによって、克二の存在を認めるのがいやなのだ。

なにしろらむは、若手の中でも、筆頭というべき遅筆家だ。その上気まぐれで、無責任な甘ったれだから、ふたことめには、

「もうやめた。おれ、村役場へ帰る」

といいだし、編集者を狼狽させた。あつかいにくい相手だが、真っ正直な克二はぶきっちょに正面から催促するしか能がない。

「原稿の締切は、二日前でした」

「………」

「せめて、ネームだけでもいれてくださいよ」

ネームというのは、マンガにおける文字の部分だ。原稿とべつに写真植字で印字し、あとで絵に貼りこまねばならないから、編集者は一日も早くほしがる。また、マンガ家側も、物語を構成する上でネームは必要不可欠だから、実際にペンをとる前にコマ

の配置を決め、ネームを吟味しておくのが、ふつうだった。

「………」

らむは、克二を完全に無視していた。カーリーヘアーの頭と、ジーンズをはいた腰を、有線放送のメロディに合せてふりながら、飽きもせずスロットのレバーを動かしている。

克二はむっとした。

たかだかはたちをひとつふたつ出たばかりの子どもを、なぜおれが——大学で児童文学を専攻したこのおれが、「先生」と呼んで奉らねばならんのだ。ほんの少し絵がうまくて、ほんの少し物語つくりに慣れているというだけで。

「獏谷先生！」

克二が語気を強めると、らむはようやく克二をふりかえった。もともと色が黒いのに、マンガが売れだしてから外出するひまがないので、灰褐色の顔に見えた。頬がこけ、無精ひげを生やしているので、病人のようだ。事実、らむは病んでいたのかもしれない。逆立つ髪の毛だけが、徒らに虚勢を張っていた。かれは二三度咳をして、のどにからんだ痰を切ってから、いった。

「あんたもやらない？　この機械わりとよく出るよ」

「スロットマシンどころじゃありません！」

克二はつくづくうんざりしていた。「赤い鳥」のむこうを張った、清新な児童文学誌を編集するのが夢だったのに、このざまはなんだ。

幻想館が、乾坤一擲の策としてマンガ誌発刊にふみきったのが、今年の春である。編集長に就任したのは、文英社からひきぬかれたベテランの明野だった。昔気質の編集方針が文英社の首脳にうとまれて、『少年ウイークリー』の編集長の椅子を新谷にゆずってから、仕事に恵まれなかっただけに、明野ははりきった。一説には、幻想館から貰いがかかると、文英社ではもみ手せんばかりのポーズで、トレード話に応じたというが、その噂を裏づけるに足る、アクの強い人物だった。

世界の民話シリーズで、遊軍的なポストにあった克二には、早くから白羽の矢が立っていたが、マンガに関心のないかれは移籍をひどくいやがって、ずるずるに決定がおくれていたのだ。

抵抗むなしく、かれがついに新雑誌『コミカ』の編集部に移されたのは、ふた月前のことである。克二と顔を合せた明野は、かれがちょくちょく「蟻巣」へ行くのを知って、よろこんだ。

「あそこはきみ、おれも常連なんだ。そのうち一杯やりにゆこう」

実は克二を、強引に『コミカ』にひきずりこんだのは、明野であった。

泥酔すると前後不覚になる克二は、まったく記憶になかったが、どうやらかれが三流劇画編集者とやりあっていた現場を、明野が目撃したらしい。

「それであなたに興味を持ったそうよ、明野さん」

ついこのあいだ、由布子にこっそり教えられて、克二は立腹した。冗談じゃない、そんな気まぐれで、マンガの世界なぞへひきずりこまれてたまるものか。憶測すれば、根っからのマンガ屋である明野は、マンガ音痴の克二にその魅力を教えようとしているんだろう。むだなことだ、と克二は思った。稚拙な線と、野卑で煽情的なストーリーを、むさぼるような眼で追う若者たちの痴呆ぶりに、怒りを感じているおれじゃないか。

そのおれを『コミカ』の編集にあたらせるというのは、明野の意地悪じいさん的性格によるものだ。デスクに坐った明野は、ときにねちねちと、ときにやくざっぽい口調で、部下をいたぶっていた。はたから見ると、サディスティックな光景ですらあった。民話チームの席から、毎日のようにそんな場面を遠望していた克二は、幻想館社員としては新参に過ぎない明野の専横ぶりに、かるい反感を抱いていたが、かれのスタッフに組みこまれたいまとなっては、反感どころではない。憎悪をおぼえていた。ことに、創刊号から連載する柱のひとり、獏谷らむ付きになってからは。

『コミカ』創刊号は、七月中旬に店頭へ出ることになっていた。手塚治虫・横山光輝・赤塚不二夫・永井豪の連載陣に、吾妻ひでおのギャグマンガ、高千穂遙・安彦良和コンビのＳＦアクション小説という内容は、ベテラン明野が顔を利かせただけあって、強力な布陣だが、強いて難をいえばいずれも他社で一家をなした作家群だけに、『コミカ』としての個性に乏しい。そこで明野が起用したのが、獏谷らむである。

かれが得意とするのは、ナンセンスな劇画だ。性別不明の美少年美少女ばかりが登場して、世にもばかばかしい設定のもとに、らんちきさわぎをくりひろげる。なまじ人物が美貌なだけに、異次元の悪夢めいたぶきみさがあった。はじめてらむのマンガを見せられた克二は、笑っていいのかわるいのか迷ったほどである。

克二にらむのマンガは理解できない。ましてらむを『コミカ』のスターマンガ家にしようという明野の考えに、ついてゆけるはずがなかった。

それでも編集長の命令は絶対だ。かれ自身まったく買っていないマンガ家に、つききりでサービスするのが、ここひと月の克二のビジネスであった。

「ぼつぼつ帰りましょう、獏谷先生」

克二は呂律のまわらない舌で、とげとげしく言った。疲労に空腹が重なって、らむのお供をして「蟻巣」にはいってからというもの、急速に酔いがふかまったらしい。

ついさっき、チェシャを膝に置いたまま舟を漕いだのもそのためだが、酔っぱらいにありがちなことで、克二は自覚症状をなくしていた。

「いやだよ」

あっさりとらむがいった。

「先生……」

「先生と思いもしないくせに、先生と呼ぶなよ。うそっぽいな、ワタちゃんは」

にやりとされて、克二は掛け値なしに頭へきた。

「いい加減にしてください！」

おれだって仕事と思えばこそ、きさまのようなちゃらんぽらんのガキを、先生扱いしてやってるんだ。いつか『コミカ』を辞めたら、きさまをぶんなぐってやる。

克二が、そこまで本音を吐かずにすんだのは、チェシャのおかげだ。

おおおん。

まるまるとふとった体を波うたせて、自分の膝からすべりおちた猫を見て、克二は辛うじてわれにかえった。ぶきっちょに怒りを転化させ、かれはチェシャのお尻にむかって毒づいた。

「うまそうだな。いつかきさまを、丸焼きにして食ってやる！」

その克二の背後で、ドアのひらく気配がした。由布子も中込も那珂もらむも、はいってきた客を見て、異口同音にいった。

「明野さん」

3

心もとない動きで、克二はドアをふりかえった。もうろうとした視界に霞がかかってはいたが、紛れもなく客は明野重治郎――かれの憎むべき上司だった。

「編集長！」

克二は、わめいた。

たったいまチェシャのお尻を蹴飛ばそうとした怒りを、よりおあつらえむきの標的にぶちまけることにしたのだ。

「おれはもういやだ。マンガの大ッきらいな編集者に、マンガ雑誌がつくれるもんか」

「酔ってるのか、綿畑」

明野の口調はひややかだった。

「そういう話は、しらふのときに聞く。獏谷らむの原稿は、あがったのかね」

「あがるわけないでしょう」

と、克二はふてくされた。足をふんばったが、「蟻巣」の店全体が、船みたいに揺れていた。

「先生の右手は、スロットマシンのレバーでふさがってるんですよ」

「やあいらっしゃい」

らむが、やっとマシンの前をはなれて、屈託のない笑顔を浮かべた。原稿の遅延なぞどこ吹く風で、しゃあしゃあとしている。それが満更虚勢でもないらしいから、克二の眼には、らむの神経はどこか配線が狂ってるとしか見えなかった。

「編集長があらわれるんなら、車を持ってくればよかったなあ」

と、らむはいった。「蟻巣」が気に入っていて、三日にあげず顔を出すくせに、かれは一滴も酒が飲めないのだ。従って飲酒運転のおそれはない。

「車？」

中込がたずねた。つとめている代理店の放洋社で、大手の自動車会社を担当したことがあるのだ。

「ただの車じゃないよ、キャンピング・カーだよ」

それなら克二も、さんざ自慢話を聞かされていた。凝りに凝った特注の内装で、アイデアはらむ、仕上げもひとりでこつこつやったそうだ。役場では営繕係を兼用した器用ならむならではだが、そんなひまがあったら仕事をしろと、克二はいいたい。

らむのことばを耳にして、由布子ママが口をとがらせた。

「無茶よ。そんな車が、ゴールデン街にはいるもんですか」

「だからさ、近くの駐車場まで持ってくるよ。いまはマンションのそばのガレージに、置かせてもらってるんだ。みんな、ひと目見たらびっくりするぜ。明野さんだけは、おれのアイデア知ってるからな……内緒にしといてくださいよ」

那珂と挨拶(あいさつ)を交わしていた明野が、じろりとらむを見た。どうやららむは、本気らしい。

「待て待て。エンジン・キイをどこへやったっけ」

ズボンのポケットを探ったが、出てきたのはパチンコの玉が三つだけだった。

大笑いしたらむはその玉をカウンターへ置いた。みんなもつられて笑ったが、明野だけは、にこりともせず克二にたずねた。

「ネームはもらったのか」

「全然」

中っ腹で克二が答えると、明野は、まだ笑っているらむの前にずかずかと歩み寄った。

「ネームをいただきましょう」

大きくはないが、妙によく通る声だった。

「すいません」

らむが照れくさそうに頭をかいた。かりにも明野はマンガ家としてのかれを育ててくれた男である。いくらのんしゃらんのらむでも、克二に対するそれとは、態度がちがった。

「まだ出来ないんです」

「では、ここで書いてください」

ことばはていねいだが、有無をいわさぬひびきがあった。それでもらむは、くらげのように曖昧な笑みを絶やさない。

「困るんだなあ。これからおれ、車をとってこようと……」

いいかけて、らむはことばを呑んだ。眼の前の明野の顔から、すうっと血の気がひいてゆくのに気づいたのだ。

「や、やります」

らむは、大急ぎで答えた。新人時代の、明野の峻烈なしごきを思い出したのだ。

まったく、『少年ウイークリー』時代の明野は、おそるべき偏執狂であった。これぞと見込んだマンガ家は、旧人新人を問わず破格のギャラで優遇する代り、手をぬいたり締切を守らなかったりすると、やくざまがいの罵詈雑言を投げつけた。その当時からの巨匠那珂一兵でさえ、あほう呼ばわりされ、灰皿の中味を机にぶちまけられたことがあった。社外の作家に対してこうだから、部下のことなぞ、人間とみとめていたかどうか疑わしい。

「やってくれるんですな」

ロボットが判を押すように、正確で厳重な念の入れ方だ。

「はあ」

不承不承、らむはうなずいた。

「綿畑」

「はい」

明野は、克二をしばらくだまって見つめていた。ごま塩頭の下で額のしわが極端に深く刻まれている。

「てめえ……どういうつもりだ」

克二がてめえ呼ばわりされたのは、生まれてはじめてだった。

「え？」

一瞬、かれはぽかんとした。

「それでも編集のつもりかと聞いてるんだっ」

明野の掌(てのひら)が、克二の前のカウンターをたたいた。華奢(きゃしゃ)な手であったが、のっていたパチンコの玉が、三センチは飛びあがった。

「あのう……原稿がおくれたことでしょうか」

「馬鹿(ばか)野郎」

明野は歯をむきだした。

「物書きは生きものだ。スイッチを入れりゃ動きだすってわけにゃゆかねえ。そんなことを怒ってやしねえや！　おれはな。てめえが使い走りのつもりでいる、その根性が気に入らねえんだ！」

「………」

「だまって坐って待っててりゃ、ご注文の原稿がいただける、それが編集の仕事なら、中学生でもつとまるぞ！　いいか、てめえは騎手だ。人形使いだ」

ひょろりとした長い指が、克二を指した。

「こいつは馬だ。あやつり人形だ」

指がらむを指した。

「馬力はあるが、どっち向いて走りゃいいか、自分にものみこめてない世話のやける馬だ。眼を放すと、馬場のどまん中で昼寝しようてえ、怠け馬だ！　その馬にムチをくれて、ニンジンを食わせて、手綱をとって、読者がはっとするような新鮮な原稿を書かせる役が、てめえだろ。ちがうか！」

みんな、しんとしていた。強いていえば、らむだけがわれ関せずという顔で、パチンコの玉をころがして遊んでいた。

「よう。わかってんのか？……わかったんなら、返事くらいしな」

「わかり……ました」

克二は、頬の筋肉がふるえるのを感じた。

「わかっちゃいねえ！」

いっそう明野は、威丈高になった。ほそい指が、カウンターの隅の果物鉢から、ナイフをつまみあげる。

「まるっきり、わかっちゃいねえんだよ、てめえは！」

ぴらぴらと、克二の鼻先で果物ナイフをもてあそびながら、

「らむのお守りでやる気をなくして、ふてくされてたてめえに、なにがわかるんだ。給料泥棒」

「それは、いいすぎでしょう」

克二が蒼ざめた。まるで象の皮膚みたいに、顔が突っ張る。

「おれだって、一所懸命やってるんです」

「えらそうなこというな」

ナイフの先が、鉢に盛られたリンゴのひとつを、痛烈にえぐった。

「では聞くが、てめえは『コミカ』に移ってから、どんなマンガを読んだ」

「それは……手塚治虫と横山光輝……赤塚……永井豪……吾妻……」

「あたり前のことをいうんじゃねえ」

明野は冷笑した。

「みんな、てめえんとこの雑誌にのせるマンガ家じゃねえか。コックがよ、自分とこの店がおいしいといいばるには、よその店の味を知らなきゃならねえ！　大島弓子読んだか。吉田秋生！　大友克洋！　竹宮恵子！　鳥山明！　星野之宣！　くらもちふさこ！　諸星大二郎、萩尾望都、魔夜峰央、御厨さと美、西岸良平、高野文子、小山ゆう、池上遼一、和田慎二、聖悠紀、まだまだいっぱい、きりがねえや！」

「おれはキャロル読んでます。ケストナー読んでます。宮沢賢治、小川未明、松谷みよこ、佐藤さとる、今江祥智、山中恒、のこらず読んでます。それから……」

「んなことは知ってらあ。だからてめえを『コミカ』へひっぱりこんだんだ。日本料理の味をつくるにゃ、フランス・ドイツ・イタリー・中華、どこの国の味もためす必要がある。映画、テレビ、芝居、音楽！　演歌もロックもシンセサイザーも、見て聞いてためして、なんでもかんでもマンガの中へとりこむのよ。マンガてな、それを読む若いやつらてな、そういう雑食に耐えるばかでかい胃袋を持ってるんだ！」

「むかし」

と、那珂がひとりごとのようにいった。

「吉川英治がいいましたな……あれはたしか『神州天馬俠』を執筆するときだった……蚕が桑を喰(は)むような、子どもたちの旺盛な読書欲を満たすために大長編を書く、と」

「マンガは子どもの想像力を貧しくさせるだって、けっ。そういう先生方にかぎって、スジを追うのがせいいっぱいで、コマとコマが重なりぶつかりからみあう、描写のリズムを読みこめねえのさ。いうことがふるってらあ。『あんなくだらないものが読めますか』読まなくてくだらないことが、なぜわかる。読まないんじゃねえ、ほんとのところは読めねえんだ！」

にゃおん。足もとでチェシャが賛意を表したが、克二は茫然（ぼうぜん）として、明野の休みなく動く口を見ていた。

あきらかに明野は、いらだっていた。その眼は克二に向けられていたが、ことばは克二ひとりに向けられたものではなかった。

みじかい間があって、明野は、ふっと苦笑を口のまわりに浮かべていた。

「きみをどやすつもりで、つい一般論になっちまった」

「ご高説、拝聴しましたよ」

声が聞こえてドアがひらくと、文英社の新谷が、若い女を連れてはいってきた。チェシャが、のどを鳴らしてすりよったのを見ると、常連のひとりらしい。

「井垣くんじゃないか」

明野の表情がひょいと崩れた。たったいままで、巻き舌でマンガ論をまくしたてていたとは思えないなつかしげな口調に、克二は戸惑いをおぼえた。

井垣というのか……この女性は。娘というにはとうがたちすぎ、人妻というには初々しかった。原色に近い色彩のスーツに、メタリックで線のふといネックレスが、ぴたりとサマになっている。マンガ家だろうか、それとも……

4

「いらっしゃい」

らむが、耳のうしろをかきながら、挨拶した。

「今夜は苦手ばかり顔を見せるんだな」

「紹介しよう」

と新谷が、まごついている克二に、声をかけてくれた。

「『少年ウイークリー』で、獏谷くんを担当している井垣早苗女史」

「おれのデビューからずっとなんだ。頭があがらないよ、女史には」

と、らむがつけくわえる。

「なんべんいってもわからないのね」

やはりメタルフレームの、ファッショナブルなメガネごしに、早苗がにらみつけた。

「おん年三十越していても、私は未婚者ですからね。嬢と呼んでくれなきゃ、こちらの、ええと」

「綿畑、克二です」

「綿畑さんが誤解するじゃありませんか」

といったあとで、

「綿畑なんて、珍しい苗字(みょうじ)だわ。ソフトな肌ざわりね、きっと」

けらけら笑ったと思うと、すぐに手をたたいた。

「思い出したわ。あなたが編集長の下で、どぶちゃんについてるのね。同情する！」

気易くいわれて、克二は目をぱちくりした。

「どぶちゃん？」

「なんだ知らないのか。獏谷らむ先生のこと」

「それが、なぜどぶちゃんです」

「どぶろくの略なんだとさあ」

当のらむが、早苗と克二のあいだへ割りこんできた。

「こんなイモマンガ家に、ラムの名はもったいないでしょ。おなじ酒ならどぶろくよ」

「ははは、これはいい」

早苗の解説に、那珂が大笑した。明野の叱咤と演説のあいだも、このベテラン劇画家は悠揚迫らぬ態度で、盃をかたむけていた。若手の多いマンガ家の中で、図抜けて大人の風格をもった男だ。

「らむ」

さわがしくなった空気に釘を打つように、明野の声がするどくひびいた。

「三時間以内にネームをもらうよ……綿畑はそれをもらって、社に帰れ」

「………」

らむの眼が、媚びるように光ったが、明野は一顧も与えない。

早苗がふくみ笑いした。

「あい変らずね、編集長」

「おれはもう、あんたんとこの編集長じゃない。その肩書は、新谷くんのものだ」

「いいじゃありませんか……編集長にちがいないもん、『コミカ』の」

「そうだ。敵と味方に分かれてな」

「編集長を敵なんて思いたくない」

甘えるようなことばに、克二はおやと思った。

「『少年ウイークリー』の生みの親ですもの、編集長は」

「しつけがわるいぞ、新谷くん」

明野はにこりともせずいった。

「男ほしさになれなれしくせんよう、いっといてくれ。いまのおれは、どうやって『少年ウイークリー』をたたきつぶそうかと、頭を悩ましているんだ」

さすがに早苗が鼻白むと、明野はくるりと背を見せた。

「あら、明野さん。もうお帰り」

ママに咎められたが、編集長は生真面目な様子を崩さない。

「会う人がある」

「恋人？」

「くだらん」

吐き捨てるように、明野はいった。

「おれは女が嫌いだ」

そのことばで、早苗の表情が動いたのに、克二は気づいた。彼女が店にあらわれたときに見せた表情など、どこかへ置き忘れたみたいな明野の口ぶりだった。

そういえば、明野の妻は、夫の猛烈な仕事ぶりに厭気がさして、子どもを連れて別居したままだそうだ。

「場所が遠い……軽井沢だからな」

「いまからですか」

克二はちょっとおどろいた。

「信越線なら夜行がある。おれの小屋で客に会う約束なんだ」

カレンダーは六月の末だ。つゆどきの軽井沢は肌寒いにちがいない。

「いつか『ウイークリー』のみんなで押しかけた別荘ね」

と、早苗がいった。

「そうだ、では失敬」

明野が表へ去ると、とたんにらむが大きくのびをした。

「たすかったあ……あと五分あの人がいたら、おれ窒息してたよ」

エンジン・キイを探しあてたらむは、手の中でちゃらりと鳴らして、傍若無人にいった。

「車とってくる。『ウイークリー』さんにも見てほしいんだ」

「獏谷先生、ネーム！」

追いすがろうとした克二の上体が、泳いだ。

ぎゃあああ。

自分の坐っていたカウンター椅子へ倒れかかられて、チェシャが憤然とした。

「酔ってるのよ、かれ」

早苗がいい、とっさに克二を支えた新谷も、

「眠り上戸だからね」

と笑った。

なにお、これしきのウイスキーで酔うものか。

抗議しようとした克二は、口をひらくことさえ面倒になっていた。

もういちど腰を落した克二は、椅子がプリンになって、その内部へめりこんでゆくような錯覚にとらわれた。

「ネーム！　よこせーっ」

カウンターに頰をくっつけて、それでも克二は、忠実に叫んだ。眼の前に置かれたパチンコの玉が、ピントのぼけた像をむすんでいた。

「明野さん、いまごろだれに会うつもりかな」

いぶかしげに新谷がいい、

「マンガ家かしら」

と早苗が応じた。こんどは那珂が、

「なぜそんな場所で会うんです」

「『コミカ』の第二弾、第三弾新連載のためとしたら」

中込らしい声が聞こえた。

「極秘を要するほどの巨匠を？」

「『少年ウイークリー』系作家のひきぬきという線はあるでしょう」

「政治家の密談ね、まるで」

由布子が笑い、

「あらあら、綿畑さん完全ダウンよ……二階へ連れていってよ、あなた」

という声が、もうろうとしている克二の耳もとへただよってきた。

それどころじゃない！　克二ははね起きようとした。

（らむを……どぶちゃんを追いかけて、ネームをもらうんだ……ネームを）

意に反して、体の自由が利かなかった。手から足へ、やがて全身の感覚が麻痺した
あとまで、克二の頭の中に重苦しくのこっていたのは、明野のはげしい叱責の声だった。

「せーの」

「よいしょっと」

まわりでそんな声が聞こえたと思うと、急に体が軽くなったような気がする……

おんぎゃおおん。

チェシャ猫の、からかうような啼き声が、克二の記憶にのこる最後の断片であった。

5

もういちど、アリスの夢が見たかったが、そうは注文どおりゆかなかった。

泥のような眠りから克二をひきずり出したのは、早苗だった。女にしてはひどく荒っぽい力で、克二の体をめちゃくちゃにゆすった。

「だらしないよ！　綿畑さん！」

「え……ああ……ここは」

克二は、のろのろと首を回した。なんだ、ここはまだ「蟻巣」のカウンターじゃないか。眼の前にのっているパチンコ玉が、びりびりと揺れるのは、由布子が大音量の有線放送をかけているせいらしい。おれを二階へ運ぶには、階段がせますぎて扱いかねたとみえる。

「ネームができたってのに。ほら！　ほら！」

突き出された紙を、克二は必死に見ようとした。ラフな鉛筆の線で、ざっとコマ割りがしてあり、その中に人物らしい絵と、まるいフキダシにはいったネームが、こまごまと書きつらねてある。

「しまった」

口をもがもがさせて、克二は上体を起こした。

「すぐ……会社へ」

床を踏もうとして、よろめいた。まるで椅子の寸法がちがうみたいで、降りそこねたのだ。依然として、店は難波船よろしく震動している。

「あーあ。そんなざまで行けますか」

左右から、早苗と新谷が手を貸して、克二を坐り直させた。

「大丈夫……明日の朝印刷所へ行けば間に合うわよ」

笑われて、やっとその気になった克二は、早苗にたずねた。

「獏谷先生は？」

「くたびれ果てて、上で眠ってるわ」

明野のことばが応えたのか、かれとしては大サービスにつとめたとみえる。

「らむちゃーん」

由布子がステージの上みたいに、声を張った。

「ワタちゃん起きたよ！　下りてくる？」

「もうけっこう」

らむの答えがもどってきた。

「おれは寝る……ワタちゃんおやすみ」

「ああ、ごゆっくり!」

克二が怒鳴りかえした。あれっきり客の出入りはなかったようだ。奥のカウンターに腰を据えていた中込が、いまはスロットマシンにむかっている。

「なん……時ですか」

克二は、視線を這い回らせた。どこにあったっけ、この店の時計は。天井近くに眼をやって、かれは(おや)と思った。「蟻巣」のシンボル然としてぶらさがっていた電灯がとりはらわれ、この店に似つかわしくない直方体の照明器具が、天井にじかにくっついていた。

「自分の時計を見なさいよ」

早苗が克二の左手首を持ちあげると、安ものの時計の針は十一時五分過ぎを指していた。心情的に保守派の克二は、デジタル時計を持とうとしないのである。

「あ、どうも」

やっとのことで克二は、カウンターに肘を突いた。右手の果物鉢のかげに、パチンコの玉がころがっている。待てよ。さっきおれをおどかした果物ナイフ……編集長はあれをどうしたのだろう。

「ナ……ナイフ」

片手を泳がせた克二を見て、早苗がひっと妙な声をあげた。彼女に似つかわしくない声だ。

「なあに、幽霊みたいな手つきで」

「ナイフが……ない」

「洒落（しゃれ）のつもりかい」

新谷が、かすれた声で笑った。

「あらいやだ」

由布子がオーバーに手を打った。

「明野さんたら、うちのナイフ持って行ったんだわ」

「編集長は腹を立てると、なんでも見境いなくかっぱらうのよ」

早苗のことばに関係なく、那珂の嘆声が聞こえた。

「若いな……実に若い」

見ると、巨匠はコーナーの小卓に置かれた小型テレビをながめていた。ちらりと画面に顔を出した少女を指して、那珂が解説役を買って出た。

「見たまえ、綿畑くん。これがジュディ・ガーランドだよ。ミュージカル女優のライザ・ミネリを生んだ女が、子役で出て、アカデミー特別賞をとったんだ」

それで克二も思い出した。映画は一九三九年につくられた『オズの魔法使い』だ。

『風と共に去りぬ』のヴィクター・フレミングが監督した、戦前アメリカ映画黄金期の一本である。メルヘンに眼のない克二が、見たくてたまらなかった作品だった。らむの一件さえなければ、アパートでゆっくり見られたのに……

（うるさいな）

克二は、顔をしかめた。ふだんは気が利くママなのに、なんだって有線放送の音楽を、こんなに大きく流すんだろう。那珂先生をさし措いて、文句をつけることもあるまい。それどころかかれは狼狽した。抗議しようと口をあけたら、あくびが出たので、かれは一心に眼をむか、克二の瞼はともすると上下仲よくドッキングしそうなのだ。かれは一心に眼をむきだして、ブラウン管を注視した。

映画はまだはじまったばかりらしく、ガーラント扮するドロシーの小屋が、突風に吹きあげられて空へ舞いあがった。

「へんね。色がつかないわ」

由布子がダイヤルに手をのばすと、那珂とならんだ新谷が笑った。

「この映画は、オズの世界にはいるまで白黒の場面がつづくのさ」

（ああ、そんなことを本で読んだおぼえがある）

ネームのはいった封筒を手に、ゆれる首を立て直そうとしている克二に、早苗が声をかけた。

「コーヒーでも飲んだら、少しは気分はっきりするわよ」

「はあ」

「飲むの、飲まないの」

「はあ……いただきます」

苦笑しながら、由布子がコーヒーをつくってくれたが、効果はゼロだった。カップの中味を全部流しこまないうちに、克二はふたたび夢路を辿りはじめたのだ。カラーになった『オズの魔法使い』に、眠りの砂をふりかけられたみたいに、とろとろとしたかれは、おでこをカウンターへぶちつけた。パチンコの玉が、こんどは左手のコーヒーミルとミキサーのあいだにはまりこんでいるのが見える。

そのときになって、はじめて、克二はチェシャ猫のことを思い出していた。

(はてな……あいつ、どこへ行ったんだろう)

6

そのつぎ克二が眼ざめた場所は、自分のアパートの布団の中だった。アパートといっても、ピンからキリまであるが、古色蒼然としたコンクリート三階建の平和荘は、マンションといえばキリ、アパートと呼べばピンの部類だ。克二のへやは二階にあった。間取は定石通りの2DKである。一階は住人のためのガレージだが、残念ながら克二は運転できない。となりのへやに住む川添笙子のマイカー、瀟洒なシルバーグレイの車を横目に見て、二本の足で歩いて通う毎日だった。

「いい加減にしてください！」

その笙子の聞きおぼえのある声が、克二を、はっと我に返らせた。2DKといっても、南北に長い空間を三つに区切っただけなので、布団から首をのばせば、洋間とダイニングキッチンを経て、玄関の踏みこみまで、一望にできるのだ。

眼をしょぼつかせて見上げると、川添笙子が、ネグリジェ姿で立っていた。克二に背を見せて、応対中の男は、らむらしい。

「ま、ま、ま」

らむは、大袈裟なゼスチュアで両手をかざした。

「ワタちゃんを無事に送りこめば、用ずみですからね。もう帰ります。ホントです。だけどあんた美人だね。よかったらおれサインしたげるよ。おれ獏谷らむ。マンガ見たことない？　惜しいなあ、そう。じゃさいなら。お大事に。おれ美人に親切なの、ウン」

勝手なことをいって、らむは笙子を廊下へ押し出してしまった。

「怒られるほどさわいだかね」

枕(まくら)もとでふいにべつの声が聞こえたので、克二はびっくりした。『少年ウイークリー』の新谷だ。

「そういえば大声を出したな、きみは」

「階段の昇り口で、ワタちゃんの靴がつっかえたもんで……おや、お目ざめだ」

四つの眼にのぞきこまれて、克二は恐縮した。

「どうも……すっかり酔っちまって」

「気にするなよ」

と、新谷が手をふった。

「お互い明野学校の生徒だからな……あの人とつきあってると、腹が立って飲みたくなる。そのうち、ヘンに懐しい気分になって、また飲みたくなる。そんなことのくりかえしだった……おれも」

新谷は立ちあがった。

「帰ろうや、獏谷先生」

「はい」

らむは、おとなしく新谷に従った。笙子が怒鳴りこみにくるほど騒いだというのが、信じられないくらいだ。「蟻巣」の中二階でひと眠りしたおかげで、いくらか正気になったとみえる。

「先生」

　ネームの封筒をたしかめながら、克二は、いそいで体をおこした。二日酔いがはじまったのか、頭がずきずきする。

「絵はいつ貰えるんです」

　足を止めたらむは、ゆっくりふりかえった。

「四日……三日以内に」

「よろしくお願いします」

　それだけいうのが、やっとだった。どてっ、と音をたてて克二は布団の上にころがった。

　にゃおうん。

　どこかで猫が鳴いた。チェシャのはずはない。克二のアパートは、おなじ新宿区でも、ずっと四谷寄りにあるからだ。きっと、笙子の飼っている雌猫だろう。飼いぬしに似て、器量よしの猫だった。

第II章

密室殺人てなんのことなの？

I

ニャーオ、と猫が啼(な)きました。春もたけなわですから、さかりがついているのでしょうか。

「うるさいな」

と、克二は口の中でつぶやきました。ふつう「うるさい」は「五月蝿(うるさ)い」と書きますが、この場合は猫ですから、「春情猫(うるさ)い」と書くべきかもしれません。水洗便所が普及したためか、めっきり蝿の数がへったので、いっそ「五月蝿い」をあらためて、「妻愚痴(うるさ)い」「上役小言(うるさ)い」「選挙運動(うるさ)い」「TVCM(うるさ)い」「騒音公害(うるさ)い」なんてのはどうでしょう。

「うるさいとは、ニャんだ！」

だしぬけに、猫が人間語をしゃべりだしたので、おどろいて克二は眼をさましました。かれの前にいたのは、有馬の化け猫でも、長靴をはいた猫でもありません。

「やっと気がついたか、ニャロメ」

そう、地面に仰向けになっている克二を、しげしげとのぞきこんでいたのは、赤塚不二夫描くところのニャロメ猫でした。

「ここは……どこだ」

体を起こそうとすると、後頭部が錐で突かれたようにキリキリと痛みました。それでも克二は、口をきりっと結んで、規律正しく立ちあがりました。こんな所に寝ていても、きりがありません。

こんな所――

それは、低い木が生い茂った林の中でした。足もとはハヤシライスみたいな色彩の土。ニャロメは、はやしたてました。

「やあ立ったぞニャロメ！」

「よかったわ、カッジ」

ぽかんとしている克二の胸にとりすがったのは、アリスでした。してみると、これは克二の夢のつづきでしょうか。

　だが、不安の表情をありありと浮かべているアリスは、夢であろうとなかろうと、抱きしめたくなるほどの可憐（かれん）さでした。というのは、ことばのアヤで、克二はとうのむかしにアリスを抱きしめておりました。

「あれからぼくは、どうしたんだ。あの神父は、やっぱりニャロメが化けていたんだな。おどろいたとたん、だれかに頭をなぐられて気絶した。すごい力だった……いったいあれは、なんだったのだろう」

　アリスの返答より早く、

「逃げられては困ると思ったからだ」

と、ニャロメが目ん玉つながりのおまわりさんみたいにふんぞりかえりました。つい先年まで反体制派のシンボルだったのに、いつの間に国家権力の走猫になったのでしょう。

「そうじゃニャい！　これが手にはいったから、使ってみたかったんだニャロメ」

「なんだ、そのメカは」

　ニャロメが手にしているのは、二本の角を生やした小さな箱です。

「こうするんニャ」

　箱のどこかをさわると、角からビビビと電波が飛びだしました。眼に見える電波なんておかしいけれど、その方が迫力があるのだからがまんしてください。

いったいなにがはじまるのかと思っていますと、ずしーん……ふいに、克二の立っている地面がふるえました。

「わっ」

にぶい音をたてて、背後のカンシャクナゲの実がはじけ飛びます。シャクナゲ属は広い範囲に分布していますが、花冠が四分五裂しているカンシャクナゲの特徴は、大気の振動によって容易に細胞が拡散破裂する点にあるのです。カンシャクナゲの破裂をうけて、テツジョウモウの数本が、アリスに倒れかかりました。テツジョウモウ――名をクレマジノといって、テッセンが進化したとげだらけの蔓植物で、その群落は難攻不落の要塞を形造るといいます。

あわてて克二は、アリスを抱きすくめました。

「あぶない！」

「虻はニャいけどクモはいる」

ニャロメがにやにやして、枝を指さします。その枝から、すーっとひとすじ糸を垂らして降りてきたクモは、角から小さな稲妻をひらめかせました。カミナリグモにちがいありません。

「大丈夫よ、毒はないわ。さわると感電するから気をつけて」

まっ黒な体のクロクモ、大型のニュウドウグモ、集団で移住する習性のあるイワシグモなどが、あわてふためいて逃げてゆきます。いったい、なに者が林を荒らしに来たのでしょう。

「鉄人28号！」

克二は、大声をあげました。中世の騎士の面頬を思わせる顔、高い鼻、真紅のベルトを腰に巻き、特殊鋼鉄のブルーカラーにおおわれた姿こそ、ロボットの肉体労働者、剛力無双の鉄人でした。

「おそれいったかニャロメ」

ニャロメはうれしそうに叫びました。

「あの拳固で、お前の頭をなでさせたら、あっさりのびてしまったニャあ」

「乱暴よ、あなたって人は」

アリスが腹を立てても、ニャロメはどこ吹く風と、

「おれは人じゃニャい」

彼女はますます低気圧で、

「猫なら猫をかぶっていらっしゃい」

「あんたはその猫背の男を猫かわいがりしてるんだね」

「なによ、鉄人28号を猫ババしたくせに！」

「猫ババあ？　ニャにをいう。おれは男だ。第一このメカはちゃんと貰ったもん

だニャロメ」

「だれに貰ったの、いってごらん」

「それは、その」

急にニャロメの風向きが変りました。

「さっさとおっしゃい」

「しかし……おれは猫舌だもんで」

「猫なで声でだまそうたって、だめ」

きつくなった風当りに、ニャロメは熱いトタン屋根にのぼったみたいに、猫じゃ猫じゃのステップよろしく、

「おうい、じいさん！　たしかに事件の容疑者は連れてきたぞ！」

林の奥へ呼びかけると、風を食らってさっと消えてしまいました。すこし走ってから、でかい忘れ物を思い出したとみえ、鉄人がゴーッと背中の二本の推進装置から炎を吐いて舞いあがります。

青空を翔け去る鉄人の勇姿を見送って、克二はまだ、わけがわかりません。

「ぼくを気絶させ、結婚式場からここへ連れ出したのは鉄人か」

「必死になって、私、あなたの腕にしがみついてきたのよ」

「ありがとう……ぼくについてきてくれたのはうれしいが、事件だの容疑者だの、

いったいなにが起こったんだろう」

「それは、わしが説明する」

林の奥から、ひとりの男があらわれました。ニャロメはじいさんと呼びましたが、小柄ながら精悍（せいかん）そのものの体つきは、まだ十分若く見えます。残念ながら、頭髪が総退却気味で、じいさん呼ばわりも故ないことではありませんでした。かれは鼻下にたくわえた堂々たるひげをゆすって、名のりました。

「わしゃ私立探偵伴俊作という者じゃ」

II

伴俊作、通称ヒゲオヤジなら、克二も手塚治虫のマンガでおなじみになっています。初対面と思えず、つい気易く挨拶（あいさつ）を返すと、相手は気むずかしげにひげをひねりました。

「あんたにかかっとる疑いはな、チェシャ猫殺しだわい」

チェシャ猫殺し！

克二は仰天したかったのですが、あいにくヒゲオヤジは、かれより小さいので天を仰ぐわけにゆきません。茫然（ぼうぜん）として、私立探偵の禿（は）げた頭頂部に視線をそそぐばかりでした。

「わけがわからない」

と、克二はあえぐようにいいました。その腕を、アリスが汗ばむばかりに力をこめて、つかんでいます。

「とにかく説明してください」

「よろしい。こっちへ来な」

ヒゲオヤジは、ちょいと首を横へ振ってから、ウノハナのしげみをかきわけました。夏近しを告げる白い花が、はらはらと散ります。この花に、ニンジンやグリーンピース、ひじきなどをまぜ、醤油(しょうゆ)で煮つけると、安価なお惣菜(そうざい)になるそうですが、克二はそれどころではありません。息を切らせて、ヒゲオヤジのあとを追いました。膝(ひざ)にまとわりつくネコイヤラシの草をはらいのけようとして、克二は顔をしかめました。するどい葉のへりで、指を切ったのです。その血をなめた克二は、いっそう眉(まゆ)をひそめました。ネコイヤラシの草の汁は、名のとおりとてもいやらしい匂(にお)いがしましたから。指を切れば血が出るのに、息を切っても血が出ないのはふしぎです。もっとも、ホトトギスは鳴いて血を吐くといいますから、よほどひどく息を切らせたのでしょう。

「犯行現場は、あれだ」

と、ヒゲオヤジが前方を指しました。林の中に、そこだけぽかりと木の茂ってない場所があります。猫の額ほどの空地で、チェシャ猫が死んだものとみえます。だが、そこには猫の死体の代りに一軒の粗末な小屋が建っていました。まるで開拓期のアメリカにでも建っていそうな木造りの家です。

家の前でぴょんぴょんはねているのは、これも「アリス」でおなじみの三月兎でした。あまりはねあがりすぎて、どすんと尻餅をついたので、ヒゲオヤジは思わずふきだしました。

「なんだなんだ、なにがおかしい」

と、三月兎は、そのへんをどたばたかけ回りながら叫びます。

「おれは尻餅をついたんじゃないぞ。このへんゴミだらけなんで、お尻の毛にくっつけてゴミを取ろうとしていたんだ。尻餅じゃなくて、シリトリだ！」

「だまりなさい」

委細かまわず、ヒゲオヤジはいいました。

「たかが笑ったくらいで、おとなげない。いままでに、だれも来なかったかね」

「猫の仔一匹来なかったよ」

「よろしい、では犯人をこの中へ！」

「え……いまから犯人扱いはひどい」

「いいから、いいから」

からっぽの家にみちびかれて、克二がきょとんとしたのも、むりはありませんね。

「猫はどこです」

「すぐそこじゃ」

ジャジャーン！　という手つきで、床をさしたヒゲオヤジ。

「じっと見たけど、お前は」

「先天性アホか、見えません」

笑いだしたのは、三月兎です。

「するとお前、チェシャ猫が姿を消すことも知らんのだな」

「な、なんですって！」

「てんで鈍いぞ」

ぞっとしない顔で、ヒゲオヤジはひげをひねりました。

「たしかに死体はここにあるわい」

今更ひっこみがつかず、おそるおそる克二が、なにもない空間に手をのばすと

……

「届いた！」

「いただろう。うん」

「運のわるいチェシャ猫じゃ。邪慳に扱われて、頭をなぐられ死んでおる」

「類は類を呼ぶ、だ。断乎として犯人はニャロメだと思ったが」

ガンコじいさんみたいな口調で、三月兎は克二をにらみつけました。

「ただし、ここにもっとあやしい男がいる！」

「ルックスがわるいからって、一概にきめつけちゃあいけねえさ」

三月兎にくらべると、さすがにヒゲオヤジはヒューマニスティックです。

「すんでのことで、おれもあんたを犯人と考えた」

「たすけてくださいよ」

よろめいた克二は、アリスに支えられ、体を立てなおすと、

「とんでもない濡衣だ。断じてぼくは犯人じゃない。いまなおこれが、どういう事件かはっきりわからないほどだ！」

「だから説明してやろうってのさ。さあさあ、そのへんに腰をおろしたり」

利口なアリスは、ハンケチをひろげて、克二のお尻の下に敷いてやりました。

たいていのことには慣れて、おどろかなくなった克二ですが、この家に床がなく、絨氈代りに草が生えているのを見て、ちょっと目をまるくしました。

「たぶんあなた方は、ぼくがよそ者だからというので容疑をかけたんでしょう。

仕様のない警察だ。断然ぼくは抗議します。すでにぼくは、アリスと婚姻関係にある。ルビーのエンゲージリングも買った！　たかがそんな、あやふやな理由ひとつで」

「でっちあげだわ。私も、克二さんの無実を信じます！」

ますます激昂（げっこう）するふたりを見くらべて、ヒゲオヤジは、にっこりしました。

「たしかにおっしゃるとおり。理屈がとおってら。ラブで結ばれたふたりなら、そこまで信じあわなくちゃね」

「念を押すけど、ヒゲオヤジ探偵！」

いきりたった三月兎は、いいました。

「たしかにその男が、犯人でない証拠はあったのかい！」

「いかにも」

もののしくうなずいたヒゲオヤジ。

「実はな」

なにごとか、声をひそめて三人に話しかけたのです。スリリングな瞬間。

「カンどころをいえば、この殺猫事件は『密室』なんじゃ！」

ジャジャジャジャーン。……ンな調子でシリトリをつづけていてははかどらないので、次の章へとまいりまショウ。

III

「み？」

「っ？」

「しっ！」

アリスも、三月兎も、克二も、眼をぱちくりしました。三人あわせて眼は六つなので、8×6＝48くりです。びっくりしたアリスと、しゃっくりした三月兎と、やりくりした克二は、てんでに、ヒゲオヤジにたずねかけます。

「それは」

「いったい」

「どういうことです！」

「そもそも密室殺人とは、探偵小説のクラシックな型のひとつじゃ」

アルバイトで小学校の先生もつとめているヒゲオヤジは、堂々たる講義ぶりでした。

「探偵小説の鼻祖エドガー・アラン・ポーは、早くも『モルグ街の殺人』において、密室の不可思議性を前面に押し出しておる。閉ざされた空間における殺人！

犯人はいかにして脱出したのであろうか。だが、わしをしていわしむれば、この密室殺人はいささかアンフェアな解決である。

やがて天才ルルウは、かの『黄色い部屋』によって、論理的に完璧な密室殺人をあみだした。不幸にも日本では、謎と論理の興味、知的ゲームとしてのパズラーより、妖異の怪奇譚として、探偵小説が機能しておったのじゃが、戦後横溝正史の『本陣殺人事件』をはじめとする傑作群があらわれ、面目を一新した。遊びのたのしさを知ってはじめて、人はほんもののおとなになるのではないかね。

……が、それも束の間じゃ。戦前の富国強兵教育にならされた日本のエセおとなどもは、エネルギーの捌け口を高度成長政策に求めた。遊びは罪悪、働け働け。その風潮は、一方において弱者切り捨てとなり、他方においてハウツー文化を推進し、がつがつするだけが能の点取虫を輩出した。

小説を読んで企業の構造を学び、管理職の労苦を学び、経営理念に資そうというインテリどもじゃ……アホか、てめえら！」

だしぬけに、ヒゲオヤジが腕まくりしたので、なぐられるのかと思った克二は、たじたじとなりました。

「小説だろうがマンガだろうが、おもしろけりゃいいんだ！　おもしろいだけで、どこがわりい、てんだ。ホントめかして書くのも、ハチャハチャに書くのも、要は読者をおもしろがらせるためじゃねえか。それをホントと思いこんで、腹を立てたりするイモがいるから、テレビでいちいちことわるんだ。登場する団体も人物も架空ですってよ……こんな有様じゃあ、いずれ『鉄腕アトム』にも、ことわり書き入れにゃなるめえな。科学省もお茶の水研究所も、実在の団体や人物に関係ありませんてね。エート」

照れくさそうに、ヒゲオヤジは頭をかきました。

「なんの話をしてたっけ。ホイ、そうだった……探偵小説が推理小説になって、密室の魅力がうすれてきたことを、いおうとしたんだ。だが！」

と、ここでヒゲオヤジ先生は、ひときわ高く声をはりあげて、

「このチェシャ猫事件は、まがうことない密室である」

「まがっても、まっすぐでもいいから、状況をきちんと説明しておくれよ」

三月兎がさわぎたてます。

「キチンとね。そうとも、おれは台所(キッチン)からもぐりこんだ。というのは、ニャロメがみつけたときのこの家は、玄関も勝手も窓も、すべて鍵がかかっていたからだ。つまり、ニャロメは親友のチェシャを探して、この林へ来た。そして見なれぬ小屋を発見した。そこへ通りかかったわしは、ニャロメとともに勝手口をやぶり、小屋の中へはいった。そして、奇妙なものを目撃したのだ」

「なんです、それは」

「床上二十センチの空間に浮いている一枚の板……どうやら天井の一部が剝がれ落ちたとおぼしい」

「なぜ浮いていたのかしら」

「ふしぎに思ったわれわれは、板の下部に手をさしのべてみた。するとそこに」

「チェシャの死体があったんですね！」

　ヒゲオヤジは、沈痛にうなずきました。

「そんなハプニングでもなかったら、われわれは、無人の家と思いこんだろう」

「手ざわりだけで、すぐわかったんですか」

「ニャロメは、親友だからな……それに、この世界で透明になれるのは、チェシャだけじゃった。

　こんどはわしがさわってみると、チェシャの前額部が陥没しているのがわかった。あきらかにかれは、なに者かになぐられたのだ。そこへ、三月兎がかけつけた。わしもニャロメも、ふしぎの国では客分だが、こいつは生まれつきここに住んでいる」

「そしておれは、アリスがどっかの馬の骨と結婚することを知っていた。だからあやしいのはあいつだ！　そうきめたら、おれをここへ留守番にのこして、ニャロメがすぐさまとんでいった」

「勝手にきめるな！」

克二は大むくれです。

「第一、動機がない」

「大ありだ」

と、三月兎はうそぶきました。

「チェシャはアリスを愛していた」

「私を？」

目をまるくするアリス。

「なのにあんたは、こんなバタバタという男と……」

「バタバタじゃない、綿畑だ」

「そうだそうだ、そのバタバタ……じゃない綿畑を、怒ったチェシャが呼びだして、

『決闘だ！　どちらの血統が上か、ケツを十たたいてきめよう』

すると お前は卑怯にも、チェシャのおでこをぶったたいた」

「ばかばかしいわ」

アリスが叱りつけました。

「チェシャさんが私を愛していたなんて、なぜわかるの」

「すくなくともかれは、あんたに関心を持っていた！　とって食っちまいたいほど……それはチェシャが猫であんたがねずみ年だからだ」

「なにをいっとるのか、たぶん本人にもよくわからんのだろうが」

と、慨嘆したヒゲオヤジは、けりをつけるように三月兎に手をふってみせ、

「かれに動機があろうとあるまいと、犯行の方法を解明せんかぎり告発はできん……ニャロメが、綿畑くん逮捕にむかったあと、おそまきながらわしは気がついた。この小屋が、発見当時密室であったことを……見なさい」

ヒゲオヤジは、まるっこい指で、戸と窓をひとつずつ指さしてゆきました。

「どの出入口も、内部からの施錠と、掛金によって閉ざされておるだろうが。とすれば、犯人は被害者を殴打したのち、いかなる方法で消え失せたのか？」

しばしのあいだ、沈黙が四人の上に落ちました……それは、重い沈黙でした。千キログラムか一トンか正確には計れませんが、途方もない質量が、ずしんともどすんとも音をたてずに、四人の推理を圧し潰したのです。

「天にもぐったか、地へ翔けたか」

三月兎は、天井を見上げました。

「残念ながら、天井にはもぐるべき穴がない……しからば地へ翔ける可能性はど

うだろう」

いい間違えたから、意地を張っているのかと思うと、そうでもないようです。

「極高密度の物体なら、大気を飛翔するように、土中をやすやすと飛ぶことができるからな。たしかそんなSFがあった」

「これはSFじゃない、ミステリーだ！」

克二が腹を立てました。

「SFなら、密室もくそも」

いいかけて、アリスの前ではしたないと思ったのでしょう、あわてて訂正しました。

「密室も排泄物もあるもんか。チェシャ猫を殺したあとで、テレポートすればいい」

「それとも、テレキネシスでチェシャさんをなぐり殺すかだわ」

「その心配はいらん」

ヒゲオヤジがいいました。

「ここはたしかにワンダーランドだが、ディズニーランドが夢と幻想をふりまいても、あくまで物理の法則にしたがうように、この世界も常識の埒内にある」

「それにしては、かなり非常識な人物が出没するようですが」

克二がいったところへ、やぶれた勝手口の扉から、白兎が顔を出しました。

「女王さまの召喚です」

「なんだ。このふたりの式のつづきをするのかね」

「裁判です。早く来ないと、首をちょん切られます！」

白兎はじれったそうに叫びました。

「結婚式の前に法廷をひらいて、犯人を綿畑克二に確定したいとおっしゃっておいでです。そうすれば、法の名の下で首がちょん切れます」

「どっちみちぼくの首は飛ぶのか！」

克二はふるえあがりました。まったく、あの女王なら、それくらいのことはやりかねません。いえ、女王でなくっても、めでたいことよりグロテスクなこと、幸せな他人より不幸せな他人を見る方がずっと楽しめるのが、人間の常ですから。

「アリス、逃げよう！」

克二は、少女の手首をつかんで、玄関へ飛び出してゆき――おそろしく硬い物に頭をぶちつけました。それが、鉄人28号の特殊鋼鉄の脚であると知ってから気絶するまで、ものの十分の一秒とかかりませんでした。日ごろ動きのにぶい綿畑克二としては、稀に見る早業であったというべきでしょう。

第2章
女と男の歴史

1

「げっ、寝すごした！」

思わず奇声が口から飛び出した。びっくり箱の蛇みたいにはねあがった克二は、狂気のように服の袖（そで）へ腕を通した。アリスの夢にうつつをぬかしていたあいだに、時は容赦なく流れ去っている。朝一番で、らむのネームを印刷所へ届ける予定だった！

雲を踏む思いで、克二はアパートを駈（か）け出した。仏頂面の相手に三拝九拝してネームを渡し、悄然（しょうぜん）と幻想館へ足を向けた。

「てめえ、こんな時間までなにをのたのたしていたんだ」

今日ばかりは、明野に剣突食わされても、ぐうの音も出ない。おそるおそる克二は、『コミカ』編集部のドアをあけた――幸運にも、明野の席に人影はなかった。

あ、そうか……編集長はまだ軽井沢から帰ってこないのか。緊張はゆるんだものの、なまじ職業的良心があるだけに、克二の胸はちくちくと痛んだ。

なにはともあれ、編集長が出社したら、ゆうべの不始末をあやまろう。そして、らむのネームをたしかに印刷所へ届けたことを報告して——気はすすまないが、朝寝坊したため予定時刻を大幅におくれたと白状しよう。編集長は頭ごなしに怒鳴りつけるだろうが、頰冠り（ほおかむ）りですますには、克二の神経がナイーブ過ぎた。

出社したと思うと、すぐ昼になった。なみの職場ではないから、昼休みにはいるや否やランチタイムのレストランへ一目散——とはゆかないが、午後一時を回るころには、編集部室も閑散となった。おそい昼食に出かけたか、さもなければ外回りがはじまったのだ。概してマシガ家は夜行性動物なので、陽が西へかたむきはじめてやっと起床時間になる人が多い。

「ワタちゃん、食べに行ったの」

象みたいに恰幅（かっぷく）がよく、象みたいにほそい眼を光らせた副編集長が、へやにぽつんとのこった克二に声をかけた。

「いや……ぼくはいいんです」

「あ、二日酔いか」

「ええ。まあ」

お見通しである。

「だれと飲んだの。編集長じゃないんだろうね」

「宵の口に会っただけです」

「ふうん。そのあと、かれどこかへ行ったの」

カチッ、カチッと、つづけざまにライターを鳴らした副編は、三度めにやっとタバコに火をつけた。

「はあ……軽井沢へ行くとかいってましたよ」

「軽井沢あ」

副編の声が一オクターブ高くなった。

「どうなってんの、それ。今日の午後、編集会議の予定だぜ」

どうなってると聞かれても、克二には答えようがない。

「午前中にお帰りだと思ったんですが」

「さっぱりお帰りにならないよ」

ふたりは、おなじタイミングで、からっぽの明野のデスクを見た。花一本活けてない殺風景な机だが、色彩は豊富だった。『コミカ』創刊号表紙の見本刷が、机いっぱいにひろがっているせいだ。

「あの鬼が、会議をすっぽかすなんて信じられない」

副編がつぶやいた。

「列車の事故かな。それなら電話くらいくれそうなもんだ」

まるでそのことばを待っていたように、副編の前の電話が、けたたましくベルを鳴らした。

「噂をすればなんとやらかね」

にやりとして、副編は受話器を取りあげた。

噂をすれば影――にはちがいなかった。

「もしもし。はあ……明野重治郎？　ええ、うちの編集長ですが」

がたんと、副編の椅子が鳴り、克二はびっくりしたようにかれを見た。中腰になった副編は、拳が青白く見えるほど力をこめて、受話器をにぎりしめていた。

「編集長が、死んだ？　殺された！」

驚愕のあまり、副編は体をぴぃんと直立させた。

「どこで……軽井沢の……別荘で……は……はあ」

かれ以上のショックを、克二は受けていた。電話で応答する副編の声が、あっという間に遠ざかって、克二はただ茫然と、腑抜けのように立ちつくしていた。

編集長が殺された。

編集長が殺された。

編集長が殺された。

耳鳴りのように反復されるそのことばは、はじめなんの実体も伴なっていなかった。

「ワタちゃん！　おい、ワタちゃん！」

はっと我にかえると、受話器を掌で押さえた副編が、血相変えて克二をにらみつけていた。

「そのへんで、油売ってるやつを根こそぎしょっぴいてこい！　あ、その前に社長に話してくれ！　もしもし、もしもし」

あとの三分の一は、ふたたび電話に向かっている。克二は夢中で編集部を飛び出していた。

明野編集長が……偏執狂の、サディストの、名伯楽が、軽井沢で殺された……真綿で首を絞めつけられるようなゆるやかなテンポで、かれの死がようやく実感となって、克二の全身を包みはじめた。

2

ふつうなら、明野の死体は、おいそれと発見されるような状況になかった。第一に、現場は軽井沢の別荘地である。それも、軽井沢駅から、車で二十分あまり飛ばした、みどり平と呼ぶ小規模な分譲地だ。いわゆる旧軽がピンの軽井沢なら、これは軽井沢でもキリの場末に当る。唯一の取り柄はバイパスの近いことぐらいだろう。軽井沢と名がつくだけで珍重されるおかげで、一帯には新旧軽井沢をはじめとし、中軽井沢・西軽井沢・北軽井沢・南軽井沢と、軽井沢が目白押しなのだ。

みどり平は分譲が開始されて一年足らず、買手がついたのは四十パーセントに満たない。まして、実際に別荘建築にふみきったのは、明野をふくめてもほんのひとにぎりで、夏には間のあるいま、居住人口はゼロであった。大手の別荘地なら、管理棟があるだろうが、ここは大日本土地販売という、名ばかり壮大で実態は三流業者が手がけていたから、常住する管理者などいるわけがない。目撃者どころか、よほど幸運でもなければ、事件はしばしのあいだ闇に仮埋葬されていたことだろう。

さいわいにも——当人にとっては不幸な偶然だったかもしれないが、この日、無人のみどり平にひとりの訪問者がいた。坂部という水道設備店の男である。標高九百メートルの軽井沢は、冬の冷気がことのほかきびしい。別荘の水道をそのまま通水しておくと、凍結破損するため、どの家も前年のうちに、水道店に依頼して元栓を閉じ水抜きしておく。それではつぎに来軽したとき、すぐ水を使うことができないので、あらかじめ水道店に連絡して、補修かたがた元栓をひらいてもらうのだ。坂部の店にも、みどり平の一軒のオーナーから、水道をよろしくと、電話がはいっていた。雑事にまぎれて失念していた水道店では、今日になって思い出した店主の息子が、バイクを飛ばしてやってきたのである。

目的の家で仕事をすませ、店に帰ろうとした坂部は、分譲地の入口に近い明野家を見て、おやと思った。煉瓦で囲われた煙突が、うっすら煙を吐いている。暖房装置が使われているらしい。夜こそ冷えるが、日中、それも今日のように晴れた日はいくら一千メートルの高地でも、かなり気温があがる。不審の念を抱いたかれは、一部めくれあがっていたカーテンごしに、リビングルームをのぞきこもうとした。

咎められたら、「水道の工合はいかがですか」くらいにとりつくろうつもりで、坂部は南面する大きなバルコニーにのぼり、腰高窓にかかったカーテンの隙間から、へっぴり腰で室内に視線を落とした。雨戸とカーテンで外光はほとんど遮蔽されていたが、天井灯が煌々とつけっぱなしだったから、容易に看て取ることができた——

リビングルームの中央、臙脂色の絨毯にうつ伏せとなった男の姿。

その背、左側肩胛骨のあたりに、赤い棒がぴょこんと立っていた。二三度眼をぱちぱちした揚句、坂部はやっとのことで、それが男を刺したナイフの柄であるのを見きわめ、わけのわからない叫び声をあげた。

警察からの知らせで興奮しきった副編に、克二が聞かされた死体発見の経緯は、おおむねこんなところであった。

新雑誌創刊を間近に控え、幻想館の編集部は、熱湯をそそがれた蟻の巣のような混乱におちいった。克二の知らないところで、ぶっつづけに会議がもたれ、『コミカ』編集長は後任が決まるまで、暫定的に社長の芳賀聡があたることとなった。マンガには無縁だが、芳賀はかつての文学青年であり、幻想館の看板雑誌『幻』の編集主幹として鳴らした存在だったから、一時墓場のようにおちこんだ編集部も、たちまち活気をとりもどした。

暴君ぶりを発揮していた明野がいなくなって、かえってはりきりだしたベテラン編集者さえいる。

「内心あんたもほっとしたんじゃないの」

「せいせいしたってのはいいすぎだが、かぶった帽子が重すぎて、頭痛を起こしていたとこだからね」

「社長だって、明野さんの独裁にはいらいらしていたんだぜ」

「いいさ、いいさ。社長直轄なら、認められればすぐ『幻』にうつれるし」

去る者日々にうとしというのは、近代マスコミ誕生以前のアンティックな諺（ことわざ）であって、さしもの鬼編集長も、日々どころかたった数時間で、一気に忘却の彼方（かなた）へ押しやられようとしている。

目まぐるしさに足をすくわれて、デスクにぼんやり坐っている克二の肩を、一年先輩の編集者が、ぽんとたたいて通り過ぎた。

「よう。ワタちゃんもこれで、民話シリーズにもどれるね」

念願、にはちがいなかった。

だが克二は、先輩や同僚たちのように、あからさまに明野の死をよろこぶ気になれない。たしかにかれは、独善的で頑固な男だった。おとなしい克二ですら、殺してやりたくなったおぼえが一再ならずある。

しかし……

克二は椅子を軋ませて、立ちあがった。

「らむのところへ行ってきます」

「ネームはもう印刷所に回ってるんだろ」

やっと落着きをとりもどした副編が、細い眼をまたたかせてたずねた。

「はあ」

「それなら、あわてることないよ。吾妻ひでおをたのむ。原稿あがってるはずなのに、電話がずっと話し中なんだ」

「じゃあ、そうします」

「明野さんの件で、長野県警が事情聴取に来るらしい。うちの会社で最後に会ってるのは、あんたなんだ。刑事も話を聞きたがるぜ。早いとこ帰ってこいや」

「はあ」

「もたついてると、ワタちゃんが犯人かと思われる」

副編が笑う声を背中に聞いて、克二は、そそくさと編集部をあとにした。

3

吾妻ひでおは、七九年に名古屋で開かれたSF大会で、星雲賞のコミック部門を受賞したマンガ家だ。しぶとく可憐な女の子が清純でグロテスクで場当りでねりあげられたセンス・オヴ・ワンダーいっぱいのナンセンスを熱演する作風が、広範囲な読者に歓迎されている。

家は練馬にあるが、実際の仕事場はその近くに借りているべつの二階家だ。階下の六畳と台所を占領して、標札に「無気力プロ」と出ているのがおかしい。神社に隣接して、よくいえば神韻縹渺（しんいんひょうびょう）、わるくいえば神がかり的な環境である。吾妻先生はアシスタント二名を従え、テスト前夜の中学生よろしく、机に貼（は）りついてペンを走らせるが、やがてその姿勢にあきると、へやの中央に設けてある炬燵（こたつ）――というより雀（ジャン）卓（タク）にふさわしい机にしがみつき、なおせっぱ詰まれば畳に寝そべって、描く。

原稿待ちの編集者は、その間隙(かんげき)をぬってなんとなく坐りこんでいるのが、作法となっていた。克二はそこで、井垣早苗と鉢合せした。

「あれ。井垣さん、どうしてここに」

いるのかと聞こうとして、吾妻が『少年ウイークリー』にも長期連載しているのを思い出した。

「うわ、もう来たの」

兎のように赤い眼の吾妻が、椅子の上からふりかえった。アシスタントたちが、肩をすくめる。いやな予感がした。

「来られちゃやばいから、電話を外しといたのに」

克二をさしむけた、副編の読みは適中していた。

「困るな、吾妻先生」

面と向かって怒りだすこともできず、気のいい克二は苦笑いするばかりだ。

「あと一時間。ね、一時間」

「一時間待てば、あがるんですか」

「あがるのは『ウイークリー』の原稿よ。きみはそれから」

早苗がささやいた。

「ゆうべあれだけ介抱してあげたのよ。我慢なさい」

「無茶いうんだな」

あとの抗議は早苗にまかせたとばかり、吾妻先生は四角な背を向けた。とっさに克二は、暗算をした。吾妻の持ちページには、四色刷りも二色刷りもない。一色八ページなら、かりに今日原稿が間に合わなくても、大勢に影響ないはずだ。

安心した上で、おもむろに克二は早苗をにらんだ。

「吾妻先生がおくれて『コミカ』の発刊がずれたら、あなたのせいだ……明野さんが化けて出ますよ」

つい口をすべらせて、明野の死を早苗は知っているのかなと思ったが、てきめんに彼女はべそをかきそうになった。

「その話はしないで」

「え」

「ふたりも原稿待ちしてちゃ、邪魔っけだわ……先生、『カトレア』へ行ってます」

と、あとの半分は大声で、吾妻の背へぶつけた。

「どうぞ、どうぞ」

返事も上の空で、先生はせっせとペンを運んでいる。「カトレア」というのは、駅に近い喫茶店で、吾妻自身アイデアを練ったりネームをとるのに、よく使う。

土間へ降りようとすると、ふたりの鼻先でぎしぎしと玄関のドアが不吉な音をたて、貧相な男がはいってきた。

「あら」

早苗が腰をかがめた。顔なじみらしいが、新人マンガ家というには、とうがたちすぎている。

「友竹先生……ご無沙汰(ぶさた)しています」

「なんだ、あんたか」

男は、かさかさと乾いた肌に投げやりな笑いを浮かべた。友竹、友竹。乏しいマンガの知識を底まではたいた克二は、やっとのことで、相手を友竹建夫という劇画家だろうと、見当をつけた。かれがまごまごしているのを見て、早苗は気を利かせて紹介しようとした。

「先生。こちらはこんど創刊される……」

「聞かなくていいよ」

と、友竹は手をふった。

「おれが聞いても仕様がない。雑誌からじかに注文いただける身分じゃないんだ」

「おうい」

仕事べやから、吾妻の声があがった。

「友ちゃんか」

「おそくなって、わりい」

頭をかきかき、友竹があがりこむのといれちがいに、ふたりは無気力プロを出た。

「吾妻先生を手伝ってるのよ」

「あの人が？　助っ人ですか」

レギュラーのアシスタントとはべつに、繁忙期に遊軍的存在のマンガ家を、臨時に雇うのはよくあることだが、対象は若手にかぎられていた。

「本人もいったじゃない、仕事がないって。気の毒に思って、吾妻先生がときどき声をかけてあげてるのよ」

「いくつもヒット作があった人でしょう」

克二は、ふしぎそうだった。

「それなのに、もう忘れられてしまうなんて」

「マンガの世界はシビアなのよ……大当りしたコミックは、単行本で初版百万を刷った記録があるわ。それだけの支持を受けようとすれば、版元もリスクを犯すことができないの。友竹先生は、とっくに明野編集長に引導をわたされてる……」

克二ははじめて聞く話である。

「絵柄にばかり凝って、話がひとりよがりなんだって」

「それで、注文が途絶えたんですか」

「『ウイークリー』が見はなせば、しめたとばかり『マガジン』や『サンデー』が拾うはずよ。事実、友竹先生はそのどちらにも一二度連載したけど、けっきょく芽が出なかったわ。どこの社も、明野編集長とおなじことを感じたのでしょうね……急カーブで、人気の順位が落ちていったもの」

テレビの視聴率以上にきびしい数字は、マンガ雑誌のアンケートである。「あなたは本誌のマンガのどれがおもしろいと思いましたか。上位三作品に○をつけてください」なぞと印刷されてあるハガキを、出版社に送る。ただちに統計されて、連載マンガの人気順位が決まる。下位に落ちた作品は原則として誌面の末尾に移され、やがて消える運命にあるのだ。

にぎやかな軍艦マーチが流れてきた。多少なりとも戦前の空気を吸っている明野は、軍艦マーチを哀愁のメロディととらえていたが、若い克二にはパチンコ屋のテーマソングとしか思えない。「カトレア」は、そのパチンコ屋の二階にあった。

埃(ほこり)っぽい椅子に坐って、早苗はいった。

「まさか」

早苗は笑った。

「……だけど友竹先生は、注文の来なくなった理由のすべてを、編集長にむすびつけて考えるでしょうね」

「編集長」という声が、しめっていた。

「しかし、明野さんはスターマンガ家発掘の名人だ」

「そうよ」

早苗がちらと白い歯を見せた。

「友竹先生は、むしろ例外だわ。編集長のあの猛烈な励ましがなかったら、いまのマンガブームを支える作家の半数は存在しなかったでしょうね……那珂先生だって」

「あの先生も？」

ベテランの編集者には周知の事実かもしれないが、少なくとも克二にとっては、初耳だった。

「ええ。上京した那珂先生と最初におつきあいしたのは新谷さんだけど、でも明野さんのバックアップがあったから、『トコトンくん』が連載できて、ヒットしたんだわ……だれより、先生自身がご存知よ」

「トコトンくん」は、がむしゃらなキャラクターで人気があり、テレビアニメにもなって大ヒットした。ふつう一本あたればつぎからつぎへと、おなじ作者の原作がテレビ化されるものだが、慎重な那珂はそれを許さない。「トコトンくん」をスポンサーに橋渡しした中込なぞ、やいのやいのと企画をもちこむのだが、那珂はさっぱり首を縦にふらなかった。

「明野さんが殺されて……那珂先生辛いでしょうね」

「当然だわ」

そういう井垣早苗こそ、辛そうだった。いつ知らせを受けたものか、眼のまわりが翳っていた。もしかしたらこの人は、明野編集長に惚れていたのかもしれない。男女間の機微にうとい克二が、そんなことを考えたくらいである。早苗の表情は、夫を失った若妻のそれに似ていた。

「いったい編集長は、軽井沢でだれに会おうとしたんですか」

「それなのよ、問題は」

早苗はうなずいた。

「人に会うには、常識外れの時間だもの」

「私生活の関係じゃありませんか」

明野は妻子とずっと別居している。というより、亭主の憑かれたような働きぶりに呆れて、妻は娘を連れて実家へ帰ってしまったのだ。

「女……だっていうの」

「はあ」

「そんな暇なかった」

「しかし、編集長も男ですから」

「女はひとりで十分といってたわ」

冗談にまぎらせようとした早苗に、克二は追討ちをかけた。

「それ井垣さんのことじゃないですか」

口をすべらせてからしまったと思ったが、彼女は腹を立てなかった。いや、むしろ早苗は死んだ男の——明野の話を切り出すきっかけを、うかがっていたのかもしれない。

「まあね」

井垣早苗は、小さく肯定した。そして、わざとらしく窓ごしに照りつける日の光に眉をひそめて、バッグからとりだしたメタルフレームのサングラスをかけ、眼の表情をかくした。

「どうも……すみません」

「自分で聞いておいて、謝る必要ないでしょう」

「はあ」

克二は、汗ばんだ鼻の頭を指先でこすった。

「でも、誤解しないで。編集長に抱かれたのは奥さんと別居したあとだわ」

「そうなんですか」

「処女だったんだから」

「はあ」

「なによ、その眼。疑ってるの」

「そ、そうじゃないけど……でも井垣さん美人だし」

「とってつけたようなお世辞ね。きみには似合わない」

「すみません、取り消します」

「そんな、あっさり訂正することないじゃない」

早苗は笑った。それから、聞かれもせずにしゃべりだした。

「あたしだって編集長に負けずに、仕事仕事で髪ふり乱していたもんね……女だてらに深夜二時三時までかかって原稿もらって、それからマンガ家や仲間と酒飲んで、花札やったりマージャンやったり。夜のしらじら明けには、ゆきつけのスナックでお茶漬にありついて、はれぼったい眼を水で冷やして、そのまま会社へ直行して……あたしの青春に、睡眠時間てあったのかな……そんなあたしだもん、マンガに命を賭けてるような、明野編集長が光りかがやいて見えたわ。ホント。あとで聞いたら、編集長だってはじめからマンガ志望じゃなかったそうよ。戦後すぐの大学では、医学を専攻したんですって……中込さんと同期なの」

「へえ」

広告業とマンガ屋の思いがけない前歴に、克二はちょっとおどろいた。

「医者にならなくてよかったわ。中込さんはともかく編集長はああいう人だから、ガンの患者にむかっても、平気で余命三カ月といってのけるでしょう」

「それはいえたな」

　克二も笑った。

「マンガ家を気易く叱ってましたね。国へ帰って大根つくれだの、ペンキ屋やれだの」

「気の小さいマンガ家は、大粒の涙こぼしてたわよ……もともと内向的で、自分を表現するのにマンガ以外方法がないって人が多いから」

　さめたコーヒーを、無意味にスプーンでかき回しながら、早苗はひとりごとのようにいった。

「書く人だけじゃないわ……読む側も事情はおなじ。本当に心を打ち明けられる仲間のいない若い人たち――たとえば受験で点取るのに追われて、たとえば田舎から大都会に就職して、騒々しいけど淋しい暮らしをしている人にとって、マンガだけが友達なんだわ」

　いつの間にか、早苗はスプーンを持つ手を止めていた。彼女はどす黒いコーヒーの液面をのぞきこんでいた。そこには、小さなだれかの顔が映っている。

「私自身が、そうだった。ビーカーや試験管で精神を分析されているような毎日。家を出る……見ず知らずの人の眼が私をとり囲む。電車に乗る……町を歩く。人、人、人……眼、眼、眼。……ううん、かまわないのよ、私だって見かえしてやってるんだから。でもその人たちが、遠慮なしにぐさぐさ私の臓物に視線を突き刺してくるのなら、こん畜生とか、いやんくすぐったいとか、それなりの反応ができるわね。ところがそうじゃない……すれちがう人追い越す人並行して歩く人、だれの眼を見てもガラス玉なの。たしかに私の姿が映ってるはずなのに、かれらは私を見ていない。そのことに気づいたとき、私はぞっとしたわ。かれらにとって、私はいわば透明人間ね。関心のほかなんだわ。なん万人、なん十万人いても、いないにおなじ。そうよ、あっちが私を透明あつかいするんなら、私もにやにや笑いだけのこして消えてやろうと思った……」

どこかで聞いたような話だ。なんだ、「アリス」のチェシャ猫じゃないか。

「ただひとり、私に関心を持ってくれた人がいたわ。関心なんて、なまやさしいものじゃない。猛烈にしごかれた」

「それが、編集長だったんですね」

「そう、編集長」

克二にも早苗にも、それぞれの意味で編集長というのは、固有名詞であった。

「スコールに遭った小舟みたいにもみくちゃにされてしまったわ……福島の田舎から、東京の大学へはいって、お嫁にゆくまでほんの腰かけのつもりで就職した文英社に、私は一生厄介になろうと思った。編集長のせいだなんて、これっぱかりも考えなかった。それでいて、編集長が奥さんと別居したことを聞くと……」

早苗はふっと笑みを浮かべた。顔の上半分はサングラスにかくれて見えないが、克二には、それがひどく少女っぽい表情のような気がした。

「私、編集長をくどいたのよ。……ゆうべ、あなたが占領していた『蟻巣』のあの席で……」

「そうでしたか」

克二は、いささか恨めしげに早苗を見た。

「そんなあなたを、編集長は幻想館へうつるとき、なぜ呼ばなかったんです」

「そうしてくれれば、好きでもないマンガの編集に、携わることもなかったのに……というのね」

早苗がいった。

「あなたの偏見には、編集長もてこずってたわ。だけど、こうもいってた。いま流行のマンガや劇画は、生活的といえば聞こえはいいがみみっちい2DK趣味でいかん。だからおれは、ワタちゃんのバタ臭いファンタスティックな感覚に期待するんだって」

「期待されても、戸惑うだけです」

と、克二は正直にいった。

「井垣さんのようなベテランの片腕を、幻想館へ連れてくるべきだったな」

「公私混同をきらう人よ、編集長は。それに」

ちょっと口ごもりながら、

「もしものとき、私を巻き添えにしたくなかったんだわ」

「なんです、そりゃ。もしもって、まさか編集長、自分が殺されるのを予感してたのでは……」

「ちがうちがう」

早苗はいそいで手をふってみせた。

「万一、新雑誌の企画がポシャッたらという意味」

「ああ……」

それなら話はわかる。三号雑誌といわれるように、単行本とちがって雑誌は金食い虫だ。

芳賀社長のことだから、金策にしかるべき手はうってあるだろうが、つづくかつづかないかは、創刊以後の売れゆき次第だ。

「編集長が軽井沢で会った相手は、『コミカ』にからむだれかでしょうか」

「内密の金蔓(かねづる)とでもいうの」

「はあ。非常識な時間に会う理由も、それで説明がつくし……」

「だったら、芳賀社長が会うべきじゃない」

「もちろん、その場に社長がいたってかまいません……あ！」

ことばに出して、はじめて気がついた。そうだ、会見の相手がひとりとはかぎらない……ふたりでも、三人でもかまわないのだ。

「あり得るわね。そこで話がこじれて、喧嘩になった。大のおとながケンカなんておかしいようだけど、あくの強い編集長のいい分に、相手がコチンときたって、へんじゃないわよ。実は芳賀社長は、金策に困って暴力団のヒモつき資金を導入しようとしていた──なんて、テレビの刑事ものの見過ぎかしら」

早苗が笑った。サングラスを外したので、眼尻のしわが陽を浴びて、残酷なほどはっきりと見えた。

「それはないでしょう。社長は一流の童話作家でした。自分の家をたたき売っても、曰くつきの金なんか」

「あまい、あまい……やくざがメルヘン書いたって、モモエがトイレでしゃがんだって、ちっともふしぎじゃありませんよ。どうもきみは青すぎるな」

腕時計を見た早苗は、腰を浮かせた。

「一時間はたっぷり過ぎたね。出ようか……念押すまでもないだろうけど、ワリカンよ」

無気力プロへひきかえしたふたりは、びっくりした。

「吾妻先生、お出かけ？」

「そうなんだ」

と留守を任された友竹が、けろりとした顔で答えた。

「オチがどうしても決まらなくてね。案を練ってくるって」

「アンでもヨウカンでも練るのはけっこうですけどさ。いったいどこへ行ったんですっ」

早苗の声がうわずると、友竹はたじたじとした。

「そうヒスリなさんな。ヤバいなあ、明野さん直伝だもんな。そうそう、さっき吾妻ちゃんといっしょにニュース聞いたけど、明野さん殺されたんだって」

「ごまかさないでください！」

障子紙が破れそうなほど迫力のある声だ。それでも友竹は、笑みを消さない。

「惜しかったよ……あの人には息のあるうちに、怨みごといっときたかった」

へらへら笑いの面前で、早苗はありったけの力で玄関を閉じた。それから、くるっと体を回して、克二に呼びかけた。

「さあ、先生探そうか」

「知ってるんですか、行先を」

「知らないから探すんだよ。『カトレア』に来なかったのはたしかだから、ほかの喫茶店を。吾妻先生、その日の気分で店を使い分ける人だもん」

「だって駅前に三十軒はありますよ」

「それがなんなの」

早苗はもう怒っていないが、笑ってもいなかった。ごくふつうの表情で、なんでもないことのように、

「一軒ずつ探すのよ。ふたりで手分けすれば十五軒だわ」

「はあ」

ひどい話だ。自分の原稿をもらうのに、他社のおれと手分けするなんて。そう思ってぼんやりしている綿畑克二を、井垣早苗は一喝した。

「先生がアイデアひねってるのは、きみの雑誌よ！」

「え、『コミカ』のですか？」

「友竹の話だと、吾妻先生もいまし方編集長が殺されたことを知ったんだ。だから、香奠（こうでん）代りに少しでも早く描いたげようと思ったのさ……『ウイークリー』のオチなら、私が待ってるあいだにできてたんだもん。うちをあと回しにする理由がみつからないんで、私に会いたくないんだよ。ふふ、かわいいじゃない」

「しかし、それでは井垣さんが困るでしょう」

「心配しなくても、印刷所に泣いてもらう。きみがよその雑誌のことまで気を遣うことない！」

4

くたくたになって克二が帰社すると、予想していたとおり、刑事たちが待っていた。漫才とおなじでふたり組、それもあらかじめツッコミとボケの役割が決めてあるのか、克二に質問する役は、もっぱら長野県警の上島という大柄な男の方で、浅間署の清水刑事はろくに口もきかず、眼ばかり光らせていた。

「コーヒー、もう一杯どうです」

上島が愛想をいってくれたが、これで克二は、今日喫茶店へはいるのが八軒めだ。いいかげんにコーヒー豆と縁が切りたかったので、

「けっこうです」

と首をふった。要領がわるくて気の弱い克二は、吾妻探しで喫茶店めぐりをする途中、いくつかの店で気合負けして、コーヒーを注文していたのだ。のぞくだけのつもりでも、あまりあざやかなタイミングで「いらっしゃい」とやられると、つい出るに

出られなくなってしまう。

ゆうべの状況をみっちりおさらいさせられた末、やっと刑事に解放してもらった克二が編集部へもどると、タイミングよくかれあての電話がかかってきた。

「もしもし。……あなたか！」

思わず克二の声がはずんだ。電話の相手は、おとなりの住人川添笙子だった。

「今朝がたは……ごめんなさいね」

「いえ、こちらこそ」

「あんなことで腹を立てたりして……お友達にも申しわけなかったわ」

「どうぞ、そんな……気にしないでくださいよ」

くりかえしあやまる笙子に、克二は戸惑いながら答えた。にやにやと自分を見ている副編に気づいて、かれは頬が熱くなるのを感じていた。上司のからかい顔に赤面したわけではない。克二にとって、笙子はあこがれの人だったのだ。勤務時間の不規則な克二は、めったに彼女と顔を合せる機会がなかった。壁一枚のへだたりが、百キロの距離にひとしかった。それだけに克二は、最初に会ったときの印象を、純粋培養したものだろう。

あれは克二が引越してきた当日だ。運送屋がいいかげんな男で、蔵書がつめこまれたみかん箱を一つ、アパートの前の路上に置き忘れてしまった。それを、笙子がわざわざ克二のへやまで、届けてくれたのである。

「なんだろうと思って、つい箱の中をのぞいちゃったんです。そしたら、一番上に見たことのある本が載っていて——キャロルの『ふしぎの国のアリス』」

となりのへやに幻想館勤務の青年が入居することを、大家に聞かされていたので、てっきり克二の落しものだと思ったそうだ。

むろん克二は、大感激した。

「重かったでしょう、ありがとう。届けてもらえなかったら、大さわぎするところでした。なにしろアリスは、ぼくの恋人ですからね」

「恋人？」

笙子が顔をほころばせた。どちらかといえば、ふだんは日陰の花のように淋しく沈んでいるのに、笑うと別人のように華やかに見える美貌が、克二の眼を射た。

「ええ、まあ」

口ごもったのも、むりはなかった。古めかしいことばを使えば、克二は、笙子にひと眼惚れしたのである。

「私もこのお話、大好き。イラストもきれいだし……あなたの恋人にふさわしいと思いますわ」

微笑をのこして笙子が帰ったあと、克二はしばらくのあいだ、荷物を整理することを忘れていた。少女アリスをかれが恋人あつかいしたのは、決して大袈裟ではない。おとなの観賞に耐える児童文学をめざす克二にとって、「アリス」は常に原点であった。しかも、勉強には意欲的でも異性には禁欲的――要するに大学を卒えるまで、ついに優等生の枠をはみ出すことのなかった克二にとって、市販の「アリス」のほとんどの版に収録されている、挿絵の少女アリスは、こよなく魅力的な存在だった。

（こんな女の子がそばにいたら、結婚するんだけどな）

幼稚な憧憬がみのるはずはない。紙に印刷されただけの少女は、本を閉じれば、たちまち視界から消え去ってしまう。

そのアリスにくらべれば、いま克二の前にあらわれた笙子は、生身の迫力を持っていた。かれは急速に笙子に傾斜した。だが、気の毒なことに、克二は自分の胸の内を相手に伝える術を知らなかった。まだしも児童文学より、風俗小説、ポルノのたぐいにうちこんでいれば、参考になったろうが、それを克二に求めるのはむりだ。勇を鼓してアパート近くのスナックに誘ったり、彼女の勤め先である大牧製紙へ電話を入れたことはあるが、そこまでだった。笙子の笑顔に遭遇するたび、克二は自分自身を叱咤して、求愛のことばを吐かせようとした。なん度かこころみて、不発に終わった。

大牧製紙といえば一流企業だ。笙子はそこの秘書課で働いている。企業としては二流以下の幻想館社員、おまけにマンガの編集者ときた。牢固としたコンプレックスが、いっそう克二の決意をにぶらせていた。

そんな克二の気持を、笙子はどう受け止めていたのだろう。表面的には彼女は、克二を特別な関心ぬきのボーイフレンドとして、そこそこにつきあってくれるだけだ。たまには彼女の方から食事くらい誘ってもいいのにと、克二が恨めしくなるほど一方通行の交際だった。

それが、今日の電話はちがった。

「いつもなら、あんなことで怒鳴りこむ私じゃないのに……よほど虫の居どころがわるかったんだわ」

と、笙子はいった。たしかに、克二が彼女の立腹を意外に思ったのは事実である。

「お詫びに、ごいっしょに飲みたいな……私、今日は車じゃないから、アルコール入れてもかまわないの」

克二はびっくりした。

「あのう。ぼくとですか」

愚問もいいとこだったが、笙子は少しも気にかけないようだ。

「いつもあなたにお誘いうけてるお店……ほら、ゴールデン街の」

「『蟻巣』ですか」

「ええ、そのお店はどうかしら。でも、上役が亡くなられたのでは、お通夜じゃなくて？」

ニュースを聞いたのか、笙子も編集長の死を知っていた。

「いえ……ふつうの亡くなり方ではありませんから、遺体もまだ帰ってませんし……今夜は家族の方と会社の上の者が、現地へ出かけてます」

「そう。だったら時間さえおそければ、『蟻巣』でお会いできるのね。よかった！」

よかったとは、こっちのせりふだ。克二は人目がなければ、三月兎のようにはね回りたい気分だった。

5

ぎゃおおお。

「蟻巣」のドアをひらくと、カウンターの上でチェシャが大きくのびをしていた。かくっとひらいた口の中が、フレッシュな血色だ。

「お待ちかねよ、ワタちゃん」

ママの由布子が、からかうように声をかけた。いわれるまでもなく、克二は、カウンターの一番奥におとなしく坐っている笙子に気がついている。

「待った？」

た。

「うぅん」

となりのカウンター椅子に乗せてあったバッグを取って、笙子は克二の席をつくった。

「平気ですよ」

「忙しいのに、すみません」

ふたりのほかに、客の姿はなかった。克二にたずねもせず、さっさとつくった水割りのグラスを、由布子はカウンターに置いた。笙子はもう水割りを半ば以上あけている。

「お先にいただいてます」

と、彼女がもの慣れた様子でグラスをかかげると、

「あ、どうも」

口の中でむにゃむにゃいいながら、克二もあわてて乾杯のポーズをとった。

「暑いの、ワタちゃん」

ちらちらと笙子を横目で観察していた由布子が、からかい顔で声をかけた。

「エアコン、かけてあげようか」

「いや、それほどでもない」

事実、表は六月のおわりと思えないほど、ひんやりした空気に包まれていた。

「鼻に汗かいてるからよ」

「そ、そうかい」

おしぼりでごしごしする姿を、チェシャがおもしろそうにながめていた。

「ここ、すぐわかった？」

「ええ……半分ひらいたドアから、この猫が顔を出したから」

こいつめ、美人を見ると客ひきするんだな。

そういおうとして、克二は、一瞬昨夜の「蟻巣」を思い出してママにたずねた。

「チェシャ公、ゆうべどこへ行ってたのかな」

「ゆうべ？　ずっといたわよ、ここに」

「だけどぼくが眼をさましたときには、声が聞こえなかった」

「あ……あのとき」

なぜかわからないが、由布子の眼に、ちらと狼狽の色が走った。

「きっと、二階で眠っていたんだわ」

「おかしいな。こいつ人なつっこいから、客のいる間は、このへんをうろうろしてるのに」

「そんなに人なつっこいの」

笙子が口をはさむと、現金に克二は、恋人の方へ向き直った。

「客を客とも思ってないんでね。ほらチェシャ公、お前のお通しが出たぞ」

皿に魚をのせてもらったチェシャは、克二のお通しの小鉢を嗅ぐのをやめ、うまそうに舌を鳴らして食べはじめた。

「編集長さんが死んで、大変ね」

またその話を笙子がはじめると、流しにむかっていた由布子が、ゼスチュアまじりにふりかえった。

「それよ！　人間てあっけないわねえ。ゆうべあんなに元気だったのに」

「あら。ここへいらしたんですか」

「ええ、ええ。気の毒にワタちゃん怒鳴りつけられて」

「綿畑さん……そんなぎりぎりまで、編集長といっしょに？」

妙に明野の話をしたがる笙子だ。しかし、彼女と酒を飲みかわして気を良くしている克二に、抵抗はなかった。話題に困って気まずくなるより、ずっと好都合でもある。

克二の何度めかのおさらいを聞きおわって、笙子が念を押した。

「おなじ話を、刑事さんたちにもしたわけね」

「そうだよ」

酒のおかげで、ふたりの口調もなめらかになっていた。

「けっきょく、だれも知らないんだ……編集長が軽井沢で会おうとした人の名を」

「問題だねえ」

由布子がもっともらしくつぶやく。いまは仕事をセーブしているが、一時期声優業が多忙だったころ、洋画で婦警の声をアテていたことがあった。そのころの気分を出したみたいに、

「そいつが、十中八九犯人なのに」

「それはまだわかりませんわ」

笙子が、真剣な調子で受ける。女刑事ふたりにはさまれたコソ泥のような気がして、克二は苦笑いした。

「笙子さん、こういう話が好きなのかい」

「ううん、べつに」

いいわけがましく、彼女はいった。

「だって……あなたの大事な上役でしょう」

上役、か。

それにはちがいなかったが、笙子が勤務しているような、純然たるビジネスマンの世界とは、上下関係のニュアンスが異なる。まして明野は、憎むべき上司であった。

死んでほっとした——その一面は、たしかにある。

だが。

克二は、グラスを干した。氷が鼻先まで落ちてきて、ひどく飲みにくかった。

それにしても明野の死を知った『コミカ』編集部のあの空気は、あまりにひややか過ぎた。なるほどおれは、マンガより童話が好きだった。幻想館に出入りする児童文学の老大家たちがいうほど、マンガや劇画をうす汚いものとは考えていないが、ブームを一時の徒花（あだばな）と見る点では、おなじだった。

そこが明野はちがっていた。ブームといわれるうちはほんものじゃないというのが、かれの持論だった。マンガやアニメをふくむ映像文化が若者のあいだで地歩を固め、やがてかれらが成長して社会を動かす年代になったとき、コミックはブームを超えて、文学のように、演劇のように、そこに在って当り前の文化媒体となるだろう……

知らず知らずに、克二は、編集長が酔余にわめき散らしたことばを、胸のうちで反復していた。

「なぜわからねえんだ、あのうすら馬鹿ども」

と、かれはしきりに憤慨した。うすら馬鹿というのは、文英社をはじめとする出版社の経営者たちだ。

「儲（もう）けという角度からしきゃ、コミックを見てくれねえ。あいつらの本音は、ミーハーのジャリをカモにしてマンガで儲け、その金で、インテリ中高年相手に文化の香りゆたかな芸術を出版しようというんだ！」

……だまりこくった克二のために、笙子がかいがいしく水割りをつくってくれた。

「どうしたの」

　そっと、遠慮がちに彼女がたずねる。

「おとなしいのね、綿畑さん」

「おとなしい編集者。おとなしいのは美徳じゃねえぞ！」

　明野はそう叫んで、克二の背をどやしつけたものだ。

「乙にすましたマンガ家、克二の背をどやしつけたものだ。


「乙にすましたマンガはマンガじゃねえ。いいたい放題やりたい放題、暴れまくるんだ。マンガは若いんだ。てめえも若いんだ。若いうちからジジむさくなるな！　生きてるうちから死人になるな！」

　その明野が、死体になった。はじめて克二は、編集長の死を悲しいと思った。なんというのろまな男なんだ、おれは！

「綿畑さん……泣いてるの？」

　はっとした笙子の声に、克二はあわてて笑ってみせた。べそをかいたような笑顔だ。

「泣くわけないですよ」

　あなたと一緒にいられるのに。と、みえすいたお世辞を使おうとしたとき、にゃおおんと、チェシャが歓迎の声を発した。はいってきたのは獏谷らむだが、ひとりではない。髪から靴までぎんぎんに飾りたてた、若い娘を連れてきている。

「あら……らむちゃんの恋人？」

由布子がからかうと、らむより先に女の子の方が答えた。

「はあい、でえす」

「そう！　すてきな人ね。らむちゃんには勿体(もったい)ないわ」

あきらかに、からかいのことばであるはずなのに、由布子の語気の底に奇妙なこわばりを感じて、克二はママの顔を見た。

「まあね」

らむの反応は、意外なほどにぶい。そのひと言で由布子をいなしておいて、かれはかかえていた紙袋を、克二にむけてさし出した。

「これ……原稿」

「えっ」

克二は目をぱちぱちした。雨が降ること確実だ……あの気まぐれらむが、催促もうけずに原稿を完成させるなんて。どうした風の吹き回しかと反問しようとして——やっと気がついた。らむはらむなりに、鬼編集長の死を悼んでいるのだ。その弔意のあらわれが、原稿なのだ。

「どうも」

それ以上なにもいえず、克二はずしりと重い原稿をおしいただいた。ふつうマンガの画稿は、印刷される紙型の一・二倍の大きさに描いて縮尺する。三十ページのギャグマンガ「らむのメロメロドラマ」であったが、大判の紙袋におさまったそれは、形容だけではなく、たっぷりと重かった。

「あ、紹介するよ」

らむが、となりの娘にいった。

「『コミカ』でおれを担当している綿畑さん。こっちはおれの友達で、桜井香奈」

「あらあ」

香奈と呼ばれた少女は、克二をまじまじと見た。それでなくても大きな眼に、パンチを食らってできた痣みたいな、青黒い隈取りをしている。肌が白かったらパンダを連想するところだが、あいにく香奈は日本人の平均以上に黒かった。

「あなたが綿畑さんなの。そうお……大変でしょう」

「え、なんのことです」

「だって、らむにしても編集長にしても、手がかかるから」

「その編集長は、死んじまったんだ」

らむが、強い口調でいうと、香奈は骨張った肩をそびやかした。

「死ねば死んだで、のこされた編集の人はよけい大変じゃない……自分勝手よね、雑誌創刊の直前に死ぬなんて」

香奈は生前の明野を知っていたのだろうか。克二が聞こうとしたとき、階段か軋んで、中込と那珂が中二階から降りてきた。らむのとなりにいる香奈を見て、ふたりは同時に足を止めた。その意味に気づくことなく、克二が大声をあげた。

「那珂先生、いらしてたんですか」

らむのようなお天気屋にくらべると、これがおなじマンガ家かとびっくりするほど、那珂はおとなであった。貸本屋出身の劇画家として苦労を重ね、「トコトンくん」の大ヒットで芽を出したが、だからといって、おごる風はまったくない。降るようにあるテレビ企画に一顧も与えず、黙々とペンをにぎっている姿勢が、克二は好きだった。

那珂は、人なつっこい表情で、克二にうなずいてみせた。

「中込さんと商談をしていたのさ」

その中込は、喜色満面で由布子ママにウインクした。童顔だからついだまされるけど、中込だって生き馬の眼をぬく広告界でめしを食っている。みてくれよりははるかに老成した性格のかれが、手ばなしで喜んでいた。

「那珂先生のOKをもらったぞ……十月番組に間に合う」

「まあ。『めっちゃん』がテレビになるの？　よかったわね」

由布子の声がはずんだ。むりもない。いまの時点で那珂一兵の原作を獲得できれば、視聴率二桁(けた)は保証されたようなものだ。放洋社での中込の株は、大いにあがるにちがいなかった。

「めっちゃん」のタイトルは、滅茶苦茶のめちゃからつけられた。「トコトンくん」に劣らぬエネルギーをもつニューヒーローとして、去年から『別冊少年ウイークリー』に連載された評判のシリーズだ。

「『めっちゃん』、私も読んでるわ」

と、笙子がささやいた。

「きっと受けるわね」

「そうでしょうね」

つい、克二は気のない返事をしてしまった。正直なところ、テレビ化を許した那珂に、かるい失望をおぼえたのだ。かれも、ひと皮めくれば時流に乗って儲けたいマンガ屋に過ぎなかったのか。

「那珂先生。サインしてください」

香奈が、ビーズのバッグからハンケチをひっぱりだした。

「すいません。こいつ、おれの……なんです」

と、頭をかきながら、らむも口添えした。

「前から先生のファンなんで」

「そう。きみたち結婚するつもり？」

慣れた手つきで、ハンケチにトコトンくんの絵を描きながら、那珂がたずねる。

「はあ……まあ……ごたごたを片づけ次第に」

「ごたごたってなによ」

香奈が切りこんできた。らむはあわてたように、那珂と香奈を半々に見て、

「なんだっていいじゃんか」

「らむちゃんは、結婚する前に私と手を切らなきゃならないのよ」

由布子が笑うと、香奈は真剣な顔で相手を見た。

「らむ、このママとできてたの。でもよかった。私よりずっと年上で」

カウンターから体をのりだして、彼女は由布子にいった。

「ママ。らむのことあきらめてね。かれ私でなきゃいやだっていうんだもん」

それから疳高（かんだか）い声でひとしきり笑った。いささか食われたおとなたちが、仕方なさそうに笑いに同調すると、とたんに彼女は笑いをおさめて、大真面目な口調でらむにいった。

「さ、これでごたごたは解決よ。結婚してね」

らむがなにかいおうとしたとき、チェシャがカウンターの椅子のひとつから立ちあがって、背をまるくした。ふうっ、というように威嚇（いかく）のうなり声をあげる。よほどかれの気にいらない客が近づいたらしい。

それも道理、はいってきたのはあのふたり連れの刑事、上島と清水だった。

「いらっしゃいまし」

由布子は刑事と初対面とみえ、歓迎のことばをかけたが、今日の昼間会ったばかりの克二は、いっぺんに酔いがさめた。

「あ……どうも」

らむが、うろたえ気味に挨拶したのを見ると、かれもすでにふたりの来訪を受けているのだ。

克二は、笙子の頬がふるえたのに気がついた。事件と無関係の彼女にも、刑事独得の雰囲気が感じられるのだろうか。

らむと克二に黙礼して刑事たちは、つとめて明るい調子で呼びかけた。意外にも、かれらの来訪の目的は、香奈だったのだ。

「亡くなられたお父さんについて、お聞きしたいので、ちょっとそこまで」

「あんなやつ、父親といわないで！」

香奈のするどい声が、せまい店の中にはねかえり、その先端が克二を突き刺した。

かれははげしい衝撃をおぼえた。

亡くなった香奈の父とは、明野にちがいない。香奈は編集長の娘であったのか。

「香奈、そんないい方ってないだろう」

らむの声が上ずった。由布子も那珂も中込も、石像のように黙りこくっていた。みんな、はじめから香奈が明野の娘であることを知っていたらしい……。

刑事たちは、どうやら香奈をもてあましていた。

「聞くんなら、ここで聞いて。いくらでもしゃべっちゃう」

と、彼女はいった。

「明野を憎んでいた人はだれかっていうんでしょ」

香奈は、決して、父を父と呼ばなかった。明野といい、あの男とはいったが、親あつかいだけはすまいと、意地になってことばを選んでいた。

「殺したいほど憎んでいたのは、まず私ね。それからママ……でもママは、病院へはいっているからアリバイがあるわ。そう、別居してしばらくたって、体をこわしたの。あとは私が、モデルで稼いだわ。桜井は芸名ってわけ。ママのもとの苗字よ。あの男ほど親らしくない人間って、テレビでも映画でも、ちょっと見たことがないわね。仕事のお化けよ、女房も子どもも、あいつは仕事をスムーズに運ぶためなら、平気で犠牲にしたわ。どんなマンガや劇画があたるかってことなら、三日でも四日でもぶっとおし考えたけど、結婚記念日におくるプレゼントのことなんか、一分でも一秒でも考える時間が惜しいのよ。……待ってください」

口をはさもうとした那珂にむかって、香奈は機先を制した。

「那珂先生は、あの人が掘り出したんですよね。だから弁護なさりたいかもしれない

なにもできない男でも、有能だったでしょう。そんな
有能な男が一家の父親として無能だったはずはないわ。つまりあいつは、意識して夫
になり親になるのを避けたんです。いつか酒を飲んだとき、明野はいいました。『お
前が生まれてこなければよかった』……後悔してたんです、あの男。結婚したのを、
子どもをこしらえたのを。いうのは勝手だけど、いわれた私はどうすりゃいいのよ。
もとの穴にはいれっていうの。あら、いやらしい表現ね」
彼女はまた、一オクターブ高い声で笑った。
「あなたは、明野さんを誤解している」
苦痛を耐えているような、那珂一兵のことばを、香奈は一笑に附した。
「いいえ、これが正解だわ」
「しかし……現にきみの恋人だって、明野さんの尽力で世に出たんだよ」
「だから、かれになるたけ早くマンガをやめてもらいたいの」
香奈はけろりとしていった。
「らむ、車の運転うまいから、そっちでめしが食えると思うわ。かれと知りあったの
も、私の車がエンコしたとき、助けてもらったのがきっかけよ。マンガ描きだなんて
ちっとも知らなかった……いざとなれば、私の稼ぎだけでもなんとかするから、元気
出しなさいよらむ！」

くしゅん、という音がした。チェシャが一人前にくしゃみをしたのだ。白茶けたような顔色の人間たちに、ひとりずつ視線をあてがってから、やおらかれは大あくびをして見せた。

6

その日は、夜にはいってへんに蒸し暑くなってきた。ゴールデン街から靖国通りへ出る、ほんの数分のあいだに、克二はなんどもハンケチを使った。

「警察の調べは、どこまで進んでいるんでしょう」

実物の刑事をまのあたりにしたせいか、笙子は興奮気味だった。

「さあ……まだ容疑者のリストをつくってる段階じゃないですか」

「その中に、さっきのお嬢さんもはいるのかしら」

香奈は、強いてアリバイを主張しなかったが、彼女に代ってらむが思い出してくれたのだ。

「あの晩はきみ、『馬梨花（マリワナ）』でねばっていたんだろう」

「馬梨茶」というのは、六本木にある有名なレストランクラブだ。

「ああ、そうだっけ。らむが自慢の車見せるっていうから待ってたのに。次の朝早い仕事があるんで、頭来ちゃった」

「わりい」

らむは苦笑いした。

「そのつもりだったけど、明野さんとこの店でぶつかってさ、強引にネームとられちまってよ」

それが本当なら、香奈に軽井沢を往復する時間はなさそうだ。店の者に聞けば簡単にわかるうそを、彼女がつくとも思えない。

らむのことばを契機に、刑事たちは那珂や由布子にも質問の矢をむけた。ポイントはやはり、

「被害者はだれに会うつもりだったのでしょう？」

「さあ」

由布子も、那珂も、中込も首をふるばかりだった。

「心あたりないの、克二さん」

いままた笙子に聞かれたが、

「見当さえつきませんね」

タクシーを拾おうと手をあげながら、克二は答えた。

「わざわざ深夜の、それもいまごろの軽井沢で会うなんて、いかにも怪しげですがね」

「明野さんが生きかえらないかぎり、相手の名はおいそれと判らないでしょう。それより動機のある人から順に検討してゆけば、相手がみつかるかもしれない」

「へえ」

克二はふしぎそうに、笙子を見た。

「熱心なんですね」

「だって、推理小説が好きですもの」

彼女は顔を赤らめたが、乗りこんだタクシーの中で、また話をつづけた。

「すくなくともお嬢さんには動機があったわ……ほかに？」

笙子の熱意にひきずられて、克二は指を折った。

「編集長のために、マンガ家としての生命を絶たれた人がいます」

かれは友竹建夫のうらぶれた姿を思い浮かべていた。

「それから？」

「編集長は『コミカ』創刊のため幻想館へ来た……そのおかげで、幻想館の中で出世コースをとざされたとひがむ人もいるでしょう」

「まだほかに？」

「そうだ。『コミカ』によって、まず影響を受けるのは、『少年ウイークリー』です。その雑誌の……」

「編集長といっては、新谷を名指すことになるので、克二はあとをごまかした。

「雑誌の責任者、上は担当重役から下は編集者の走り使いまで含まれますね」

「ずいぶん大勢になるわ」

笙子がふくみ笑いしたとき、タクシーがふたりのアパートの前に停まった。

「私に払わせて」

素早く財布をとりだした彼女は、釣銭ぐるみ運転手に渡し、車が走り去ったのをみすましてからいった。

「まだほかにも、動機のある人がいるんじゃない」

「え?」

「鬼編集長にしごかれて、腹を立ててる人……たとえば綿畑さん」

不意打ちを食って、すぐには弁解する智恵が働かなかった。克二は、ぽかんとして笙子をみつめていた。突然、相手は楽しそうに笑いころげた。

「冗談よ。だってあなたは、ずっと『蟻巣』にいたんですもの。こんなにしっかりしたアリバイはないわ……でも」

月が雲にかくれるように、笙子はすうと笑いを消した。

「まだ心配よ。あなたがアパートへ帰ったのは、なん時だったかしら」

「は……はあ。五時ごろじゃありませんか。あなたに叱りつけられたのを、おぼえています」

「いやだあ」

ふたたび笙子は笑顔をつくった。

「むろん私も、おぼえてるわ。いざとなったら、証人になるわね。綿畑さんは、ぐでんぐでんになって、朝帰りしましたって」

「どうか、よろしく」

冗談めかすつもりで、克二は頭を下げようとした。とたんにバランスを失って大きくよろめき、

「あぶない」

笙子に支えられた。その手の握力が、克二の両腕に伝わると、反射的にかれは彼女を抱きすくめていた。

「いけないわ」

小声の拒否は、克二をけしかけるようなものだった。かれは夢中で、彼女の唇に自分の唇を重ねていた。

にゃおん。

克二の行為に抗議するような猫の声が聞こえた。笙子の飼っている雌猫だろうか。

第III章

アリスの花聟(はなむこ)たすかるの？

アリスの花聟(はなむこ)たすかるの？

I

「ネコの尻尾（しっぽ）をふんづけた
キャットいって逃げだした
けれどチェシャは智恵者（ちえしゃ）ネコ
ふまれる前に逃げるだろう
そんなチェシャを殺すとは
容易ならない大悪党
ネコんでいてはわからぬぞ
検事　弁護士　裁判官
ひげをふるわせ毛を逆だて

犯人の首ネっコに
ニャンじら爪を立てるべし」

三味線バックに歌ったら合いそうな、おかしな節回しで、白兎がひろげた羊皮紙を読みあげると、正面一段高い裁判長席に坐った女王が、わめきました。

「これより開廷いたす！」

となりには、しょぼくれた王様が窮屈そうに腰をおろしていましたが、女王の開廷宣言のあおりを食って、椅子からすべり落ちました。

「被告は名を名のれ」

「綿畑……克二です」

アリスに手をとられて、克二はおずおずと答えました。さして広い法廷ではありませんが、背後にぎっしり詰めかけた傍聴人の熱気が、克二の額に汗をさそいます。出入口はのこらず、トランプの兵士がかためていて、逃げる道はただひとつ、この法廷で自分の無罪を立証するほかありません。

「だれが苗字で名のれと申したか」

女王が、意地悪そうに歯をむきだしました。

「は……では、あの、ただの克二です」

「先ほど綿畑克二といい、いままた只野克二という。こやつは法廷を侮辱しておるぞ」

女王はいっそう威丈高になりました。

「女王さま、それはいいがかりですわ」

たまりかねたように、アリスが一歩前へ出ました。

「なんじゃと」

なにをぬかすかこの小娘、とばかり女王はこんどは眼玉をむきだします。とたんにアリスの口調が変りました。

「おお、あこがれの太陽。あなたさまは、ふしぎの国の誇りでいらせられます」

「まあ、お世辞のうまい娘だこと」

現金に、女王の機嫌も変りました。するとまた、もとの調子にかえったアリスが、

「へんなの。あなたは女王さまなんですか。太陽ですか。それともホコリ?」

「どれもこれも、みんなわらわのことじゃ」

女王は怒鳴りかえしました。

「自分でそう呼んだくせに、なにをとぼけておる!」

「でしたら、綿畑克二でもただの克二でもかまわないでしょう。みんな、この人のことなんです」

やりこめられて、女王はますますふくれ面になりました。

「もうよい。とにかくこやつが被告であることは判明した。検事はおるか」

「ここにいるぞニャロメ」

上手の机のかげから、ごてごてした法服を着こんだニャロメが、立ちあがりました。

「よろしい。では事件の模様を申し立ててみよ」

「そんなことよりどうだ、ニャーうだろう」

机にとびあがって、ニャロメはファッションショーよろしくポーズをとってみせました。

「よしなさい、これ」

女王がたしなめるのもかまわず、きんきらのふちどりをきらめかせて、ニャロメはいまにも踊りだしそうです。

「おれだって、いつも腹をすかせて、しくじってばかりいる軽薄な役どころでは不満だニャロメ。たまにはこんな重厚でインテリな役を演じてみたかったんニャ」

「このクソガキ！ ええ加減にさらせ」

女王は叫んで、木槌（きづち）を投げつけました。

「法服はなんのためにあるか、わかっとんのか。罪を告発する者をえらそうに見せるためにあるのに、お前じゃ権威もへったくれもないわい。ミスキャストじゃぞ！」

「ニャハハ。勘弁しろニャロメ」

木槌でできたこぶを押さえながら、ニャロメはあわてました。配役を変更されては大変と思ったのでしょう。

「これから威厳をつけてみせる。手はじめに事件の模様をくっちゃべってやるニャロメ」

そっくりかえったニャロメは、ひげをびびんとふるわせました。

II

「みなさん存じておられましょう。おれの親友チェシャ猫は、すいすい消えるのが癖さ。

見る間に見えなくなる技が、専売特許許可局で、いつもおどかされるのがシャクだ。

みごとなやつですチェシャ猫は。皮肉たっぷりへらへら笑い、死んだあとまでおどすとは。

見上げたもんだよ屋根屋のふんどし、おっとちがった、死に際飾ったあいつの死にざま。

身近にいたはずのチェシャ公が、消えてなくなり、探した揚句、やっとみつけたあの小屋だ。

見たことない小屋、臭いあやしい。おいらは勇んで突進したが、どっこい鍵がかかってた。

見よう見まねでドアぶちぬいて、はいってみたけどだあれもいない……と思ったら！

見るのもふしぎ聞いてもふしぎ、宙に浮かんだ一枚の板、なぜか落ちてた、天井板。

見えないなにかが、板の下。さてはチェシャめが眠っているな、おれの六感ひらめいた。

ミラクル期待のおれの手が、果たしてふんわりチェシャの毛つかみ、ぐいぐいぐいと揺り動かした。

身ぶるいするよにつめたい重さ、チェシャはびくとも動かず起きず、おれはだんだんあおざめた。

見えないあいつの額をさぐる。さすがのおれもニャロメとわめく、ぱっくり傷口あいていた。

見えないおでこの見えない傷から、見えない赤い血どくどく流れ、ナムアミダブツもうだめだ。

見回す小屋のどの隅っこも、犯人らしい影はなく、おれさまは首をひねった、思案した。

密室だったよこの事件。床は土だが掘ったあとなし、戸口窓枠錠がっちりさ。見たか聞いたかおどろいたか。この世の法則外れてる、さもなきゃ犯人逃げ出せなかった。

見なれぬ男が結婚すると、聞いておいらは探りをいれた。そいつはこの世に住んじゃなかった。

密室くぐってぬけ出せる、ホシは必ずそいつだろう。おれはガンつけつかまえた!」

ぺらぺらまくしたてたニャロメは、そこでひと息つきました。あまりのことに、克二はあきれかえって口もきけません。

「無茶苦茶だわ」

と、アリスが食ってかかりました。

「たしかに克二は、この国の住人ではないけど、でもずっとむかしから関心をもっていたのよ。いつかきっと住みたい、そのときはテニエル先生の挿絵に描かれた私……」

さすがに顔を赤らめ、声が小さくなりました。それでも一所懸命胸を張って、

「私と結婚したいって。そんな克二が、どうしてチェシャ猫さんを殺すでしょうか」

「静かに。だまれ。シャラップ！」

ニャロメは、いきりたって手をふります。あまりオーバーに動くので、オーバーみたいにだぶだぶの法服がぬげ落ちそうなのもかまわず、

「証人第一号を申請するぞニャロメ」

「証人とな。呼ぶがよい」

女王が鷹揚（おうよう）にうなずくと、白兎は、するすると羊皮紙をひろげました。

「証人（しょうにん）

勝算（しょうさん）

四郎さん（しろうさん）

白兎（しろうさぎ）……白兎！

はい、これにおります」

自分で自分を呼び出して、白兎はかしこまりました。

「ニャロメ！　赤い眼玉でよく見るんニャ。被告を今日まで、この国で見たことがあるか」
「ありませんな」
　あっさり、白兎は首をふりました。
「あたくしはね回るのが大好きですからね。ワンダーランドは隅から隅まで、木のうろの穴の数から、帽子屋の売る帽子の数まで存じていますがね。今日の結婚式の日まで、ついぞこんな男、会ったことがございませんや」
「それでいいんニャ」
　ニャロメは、満足そうにうなずきました。
「つづいて証人第二号を」
「呼ぶがよい」
　女王の声に応じて、白兎が羊皮紙をひろげました。
「証人（しょうにん）
　御容認（ごようにん）
　御牢人（ごろうにん）
　素浪人（すろうにん）
　苦労人（くろうにん）

九郎さん（くろうさん）
黒兎（くろうさぎ）
白兎（しろうさぎ）……
あれっ、またあたくしになっちゃった。やり直します。
証人（しょうにん）
証券（しょうけん）
猟犬（りょうけん）
強権（きょうけん）
共感（きょうかん）
急患（きゅうかん）
嗅覚（きゅうかく）
休息（きゅうそく）
……おそれいります、ここらでひと休みさせていただく」
女王は目をぱちぱちさせて、たずねました。
「いったいだれを呼び出すつもりじゃ」
「はあ、兎は兎でもあたくしの遠縁にあたります三月兎で」
「さんがつうさぎ」

指を折った女王は、むつかしい顔になりました。

「しょうにんは五文字、さんがつうさぎは七文字である。どう細工しても、つながるわけがない」

「ではございましょうが、せっかくわれわれの生みの親、キャロル先生ご発明のことば遊びでありますから……」

「わらわは忙しい！」

女王は、例によって癇癪を起こしました。

「そなたは首を切られても、かまわぬのかえ」

ふるえあがった白兎は、えんえんと長い羊皮紙の端っこを、五センチばかり切り取って、うやうやしく眼の前にかざして名を読みました。

「三月兎！」

III

「いよっ、ほほっ。また会ったな。あんまり会いたかねえけどよ」

調子っ外れな声をはりあげて、三月兎が証人席へ立ちました。はじめから、克二に対する敵意を、むきだしにしています。

「質問するぞニャロメ」

「ああ、いいとも。おれの肉と白兎の肉とどっちが味がいいかという質問なら、白兎にきまってると答えるがね」

「先をぐるんじゃニャい」

　と、ニャロメは威厳を保っていいました。

「おミャーは、チェシャ猫がなぜ死んだと思うかニャロメ」

「そりゃま、自殺か他殺か事故か過失か、どれかだろ」

「ではまず、自殺か？」

「あんな皮肉屋が自分で死ぬもんか」

　三月兎は断言しました。

「チェシャに自殺する理由があったら、この法廷の者なんて、ひとりも生きてゆけやしないぜ」

「他殺の件はひとまず措いて、事故だと思うかニャ」

「思えないね」

　こんどは三月兎も、すこし慎重になったようです。

「あいつの上に落ちてた天井板は、ウェハースみたいに軽かった。そのほかに、あいつのおでこをぶんなぐるような凶器があったか？　ありゃしねえ」

「過失死の線はどうかニャ」

「これが谷底へ落ちたというんならともかくさあ、小屋の中にいたチェシャが、どうすりゃ過失で死ねるんだよ」

「かくて、事件解決の一本の糸は、他殺にのみあることがおわかりでありましょうニャロメ」

と、かれは傍聴人にむかって大見得を切りました。ぱちぱちと拍手を送ったのは、おっちょこちょいのとかげのビルかもしれません。

「他殺であれば犯人がある。犯人には動機がある。なにゆえチェシャ猫は、殺されねばニャらなかったか」

ここでまたニャロメ検事は、一段と声をはり上げました。

「それはもちろん」

と、三月兎もはりきりました。

「チェシャがアリスを愛していたから！」

「だがアリスは、ここにいるよそ者と結婚しようとしていたニャロメ」

「チェシャはよそ者と衝突した！」

「そしておミャーはチェシャをぶんニャぐった！」

ニャロメの爪が、克二を指しました。

「知るもんか」

いくら小心な克二でも、こうなってはだまっていられません。

「よそ者だなんて、差別用語を使うな！　人権蹂躙だ、証拠を見せろ」

「証拠は密室にしたことだ……出入りできるのはよそ者のお前だけニャのだ」

「あんたたちにできないことは、ぼくにもできない！」

「わかってニャいねえ」

検事は気味わるく笑って、女王にいいました。

「証人第三号を申請するニャロメ」

「呼びなさい」

応じた女王は、やおら羊皮紙をとりだした白兎を見て、あわててつけくわえました。

「またよけいなことば遊びをいたすと、首を切る」

女王以上にあわてた白兎は、早口に呼び出しました。

「証人第三号」

ごおーん。

王宮の外で、途方もない物音がしたと思うと、ずしーんんん。マグニチュード8はありそうな地響きが起こって、法廷がふるえました。傍聴席に坐っていると、

堂々として見えたドードー鳥が、七面鳥みたいに顔色を変えて、

「地震だ」

と叫びますと、べつの席から、

「怪獣だ」

という声があがりました。声のぬしをよく見ますと、獅子（しし）と鷲（わし）が合体したようなグリフォンでした。

「しめた」

克二がアリスにささやきました。

「なにがはじまったのか知らないが、逃げるなら今だ」

が、ふたりが行動を起こすより早く、物音の正体を悟った女王は、

「証人三号の代りに、鉄人28号が動きだしたぞ。操縦器はどこじゃ」

「こ……ここにあったニャロメ」

検事が三月兎の手から、四角いメカをひったくって、スイッチをオフにすると、音はやみました。

「勝手にひとのものをいじるんじゃニャい」

「へへっ、ほほっ、おもしろい道具だね」

はしゃぐはずみにもう一度スイッチがはいったとみえ、またもや法廷は家鳴り

震動しました。

「ひえええ。ものども静まれ。28号も法廷も静まれい」

女王は木槌を探そうとしたのですが、先ほどニャロメに投げつけたので、見当りません。仕方なく、そのへんに大工が忘れていったハンマーをふりかざして、机をどかんと打ちました。

「証人三号。三号はいずれじゃ」

「ここにおります、女王さま」

土埃（つちぼこり）の中から顔を出したのは、帽子屋です。

「おお、その方か。ティー・パーティはいかがいたした」

「この通りでございます」

帽子屋は、片手にちゃんとティーカップを持っていました。

「それがティーか。ココアのような色をしておる」

「へい。いまし方天井から落ちた埃がはいりまして」

平気な顔で帽子屋は、そのココア色した紅茶を飲み干しました。

「たまにはちがった味つけも、甲でございますよ」

「そういう場合は、オツと申すのであろう」

「乙より甲の方が、点数は上じゃございませんか」

「でたらめなことを申すと、首を切るぞ」

「そ、それぱかりはご勘弁を。私の帽子屋稼業は脱サラで、手っ取り早くいえばクビを切られたからでして」

根が気の小さい男らしく、帽子屋は手にしたカップをカチカチいわせて、ふるえだしました。

「捜査には、全面的に協力いたしますです。なんなりとおたずねを」

ニャロメはひとつうなずいて、

「ここにいる被告は、人間の世界から来たよそ者だ。この国とあっちの世界と、どこがどうちがうのか教えてやってほしいんニャ」

「そんなことでございますか。お若いの」

君子豹変(ひょうへん)ということばはありますが、これは帽子豹変。克二にむかった帽子屋は、たちまち尊大な態度となりました。

「わしらはな、お前さん方が文字に記し絵に描いた想像の産物だぞ。時計にバターをぬるように、こいつはわかりきったことなんだ」

なぜそこで、時計にバターをぬらなくてはならないか、帽子屋のティー・パーティに招かれたことのない克二には、よくわかりませんが、かれらがイメージの中の住人であるのはたしかです。

「いいかえればわしらは紙の上に住んでおるのよ。フラットで、縦と横しかない世界にな」

「二次元の世界だ！」

　克二は、あっと叫びました。

「わかったかニャロメ。ところがおミャーは縦・横・高さのある三次元から来た。二次元のわれわれには密室でも、おミャーならわけなく出入りできるはずニャんだ」

「な、なぜ」

　問いかえされて、ニャロメはふふんと笑いました。

「おミャーはSFを読んだことがニャいのか。縦と横を囲うだけで密室になる二次元の世界、だがおミャーは高さを使うことができるんニャ。チェシャ猫を殺してから、もうひとつの次元を逃げ道にした。それができるのは、おミャーだけ！」

　ニャロメ検事の推理の成果でありました。

Ⅳ

「おかしいわ、そんなの」

アリスも負けていません。

「克二は、自分から人間の世界を捨てるつもりだったのよ。あの町に住んでると、夢を見るひまもないって。毎日がベルトで運ばれているようだって。だから私と結婚する気になったんだわ。私たちが二次元の国にいるのなら、克二だっておなじです。あなたや私の眼に、あの小屋が密室として映ったなら、克二にとっても密室です！」

「そうだとも」

克二も懸命にいいました。

「チェシャを殺すどころか、生きていてくれさえすれば、ぼくはぜひ親友になりたいと思っていた」

「証人にたずねる」

と、ニャロメが大声をあげました。

「帽子屋は人間である。被告も人間である。人間のことは人間に聞くのが一番だからして、たずねるのだニャロメ。人間に親友ニャんてものがあるか」

「ありませんな」

帽子屋は、こともなげにいいました。

「真実で、新鮮で、真剣なつきあいのできるのが親友ですがね。深刻な心配ばかりかけ、心底信用できないやつは、親友じゃない。人間同士のつきあいで、安心できるのは書類をとりかわしたときだけでさ。悪魔でさえ、ファウストに契約書を書かせたじゃありませんか。結婚するといって、女をカモにする男は多いが、私めにいわせりゃ女がバカなんで、人間の口約束はあてにならない。処女をくれてやるのは、婚姻届に男のハンを捺させてからにかぎります。

選挙の公約、施政方針、氾濫しているCM、PR、どいつもこいつも口先ばかりの、真っ赤なウソ。生まれたばかりのバアさんだってわかる理屈じゃないですか。石器時代のきのうから、人間と名のるアメーバは、うそとでたらめを酸素にまぜて吸ってきました。偽足類というくらい、ニセとエセの好きなやつらに、親友だなんてちゃんちゃらおかしい。私なら、おへそで紅茶を沸かしまさあ。もひとついわせてもらうなら、恋だの愛だの、もっとでたらめ。中絶五回のバージンが、誠意あふれるプレイボーイと結婚するのもようございますがね。媒酌人は二号と妾と情婦を持った家庭的な某社長と、ホストクラブにいりびたりの貞淑な夫人、来賓はやくざあがりで清潔な代議士、プールつきのお邸に住む貧しい慈善家ETCと、お膳立てがそろえばあなた、豚の交合見てた方が精神衛生設備は『秀』になれますよ。おことわりしときますが、だから私は、脱サラのあとですぐ脱人間。一八六五年以来、ずーっとこっちに住まわせてもらってます。論理的にいいますなら、被告は人間である、私は被告ではない、ゆえに私は人間じゃありませんので」

「証言は簡単に！」

女王がまた、ハンマーで机をなぐりつけました。

「ややこしいことをいう者は、首を切る」

「要約すれば、だニャロメ。被告がチェシャと親友になりたがったのは、うそである」

「うッそォ！」

と、アリスがナウい悲鳴をあげました。

「人間にだって、善意があります。みとめてください！」

「証人四号を申請するぞ」

ニャロメが、女王にいいました。

「呼びなさい」

いそいで羊皮紙をひろげた白兎は、当惑したようです。

「証人は三号までしか記載されておりません」

「四号はおれだ」

ニャロメはぱっと手鏡を出し、鏡の中の自分にむかっていいました。

「証人は、真実を述べることを誓うか。誓います。なにに誓うか。カツブシとマタタビとドスに誓います。なぜそんなところにドスが出るのか。だって股旅に長脇差はつきものでしょ。あはは、おミャーはおもしろいことをいうニャロメ。では発言しなさい、どうぞ」

証人席へかけこんだニャロメは、叫びました。

「人間に善意なんてあるもんか。あるのは悪意だけ！　おれの尻尾を見ろニャロメ」

ニャロメの尾の先っちょは、ちりちりに焼けただれておりました。

「近所のガキに、ライターであぶられたんだ！　そこへママがとんできて、ガキを叱りつけたから、おれはほっとした。一瞬、人間にも動物愛護の精神があると思った。ところが母親はいった、ライターの油がもったいない。こんなノラ猫、バットでなぐればすぐくたばります！　おいらは猫だ、ボールじゃニャいぞ」

「発言させていただきたい」

白兎が手をあげたのを見て、ニャロメはフルスピードで検事席へもどりました。

「証人一号、どうぞ」

「ごらんのとおり私は白兎ですが、強欲にして虚偽を愛する人間は、私どもの血縁の子どもたちに着色して、露店で売っておるそうです。なお且つ曰く、『お子さまの情操教育にかわいい子兎を！』かかる教育を受けて成人した人間に、ヒューマニズムが生まれるでありましょうか」

「はいはい、はい」

三月が、手をあげました。手をあげるだけでは足らずに、全身でぴょんぴょん跳びはねています。

「証人第二号、発言したまえ」

「おれのイトコに聞いたんだけどな。人間の世界じゃ、月に兎が住んでいたらしい。ところが、アポロてえやつが月へ乗りこんで、兎をみな殺しにしたってさ。むごいじゃないの、人間は」

「それはちがう」

あわてて克二が異議を申し立てようとしましたが、検事はとりあってくれません。

「なるほど、けしからん話だニャー」

女王も憤慨した様子で、ハンマーでがんがんと机をなぐりつけました。かわいそうに、机はまっ二つに割れてしまいました。

「もうよかろう、検事どの。総括をしなさい」

ニャロメはうやうやしく女王に一礼して、法服の袖をたくしあげ、音吐朗々克二の罪をうたいあげました。

「いちいちいわずと
いちからじゅうまで
いちもくりょうぜん
いけんいっちのしめくくり
にんげんは
にじげんにいないから
にんいのじかんに
にゅっとはいれる
みっしつげんばへ
みしみしおとたて
みかたのふりして
みけんをがーんと
よろめくチェシャねこ
よせばよかった
よこれんぼなぞ
よもやころされるとは

ごぞんじなかった
ごまめのはぎしり
ごくろうさんです
ごっついねこでも
ろくでなしでも
ろっくんろーるをしらなくっても
ろくろくすがたをみせなくっても
ろくだいめチェシャくんは
しちこいようだが
しちねんまえに
しちやであってからずっと
しちりんばたばた
ぱっぱとあおいで
ぱんをわけあい
ぱちんこだままでわけあった
ぱっちりしんゆう
くろうをともに

くらしつづけた
くにがおなじのだいしんゆう
くく……となみだをこらえ
じゅうおうむじんのわがすいり
じゅうだいはんにんカツジめの
じゆうをうばって
じゅうさつにねがいたい！」
検事の論告はおわりました。なんということでしょう。克二はふるえあがりました。孤立無援のこの世界で、死刑にされてしまうなんて。判決はまだ下りていませんが、あの女王のことです、せいぜい情状酌量をしてくれても、銃殺が斬首（ざんしゅ）に名義変更されるだけのことでしょう。
「お……おれは、きみたちの味方だったのに」
と、克二は呻（うめ）きました。
「乾いて水分を失った人間たちの夢に、むかしの活力をふきこもうと、出版社で努力を重ねていたんだ。ささやかで、効率のわるい努力だが、すくなくともきみたちから、感謝されると思ってた」
「それは、おとなのおミャーの理屈じゃニャいか」

ニャロメは、じろりと克二をにらみつけました。

「おとなはきのうの夢を見る、こどもは明日の夢を見る。ニャロメ！　そうでなくっちゃ子どもはおとなの文庫版にしかならんでニャーか」

「どういうことだ」

「石頭め。おミャーはなるほどアリスみたいに、きれいでキャわいい登場人物には味方した。白雪姫も、ヘンゼルとグレーテルも、チルチルミチルも、みんなおミャーのごひいきだろう」

「まあ」

克二の背後で、きりきりとスリリングな音がしました。それはアリスが眦(まなじり)を吊(つ)りあげた音です。

「克二！　あなた、私のほかにそんな大勢の女性とおつきあいしていらしたの」

「冗談じゃない。男の子もまじってるよ」

「まあ。克二にそっちの気があるなんて」

克二は、頭をかかえたくなりました。

「……だがおミャーは、自分が気に入らニャい獏谷らむを味方してるか」

「え」

思いがけない名が、とびだしました。

「だれでも好ききらいはあるニャロメ。だがそれは、とっくりつきあってから出すべき結論でニャーか。おミャーは、とっくりどころか、盃ほどもマンガのことを知らニャーぞ、おチョウシ者め。差別反対！　このとおりおれたちは、古典も現代も活字も映像も、おんなしレベルで住んでいるんニャ。どの夢がのこり、どの夢が消え、どの夢がふくらみ、どの夢がしぼむか。そんニャことは、あと五十年、百年しニャくちゃわからニャい」

「演説はおよし！」

女王がヒステリックにいいました。

「お前のような軽薄なキャラクターが、マジにまくしたてても白けるばかりじゃ。だまらぬと首を切る」

「全学連にたのんで、革命起こさせたくニャった」

ぶつくさつぶやきながら、ニャロメは口をつぐみました。それ以上に、克二は一言もありません。自分の歯に合うものだけ、若い読者に押しつけようとする――そういわれればそのとおりでしたから。

があん。

女王の椅子が粉々になりました。机がまっ二つになったので、ハンマーでなぐる対象を物色した女王が、自分の椅子をぶっこわすことにしたのです。

「みなの者」

と、女王はおごそかに申しました。

「判決をいいわたす」

場内は水を打ったように静かになりました。

「被告綿畑克二を……」

有罪か、無罪か。銃殺か、首切りか。当の克二は、あまりの緊張のため、のどがからからになっていました。それでも、必死に余裕を見せようとして、むりにアリスにほほえみかけて、次の瞬間、かれはぐらりと仰向けに倒れました。

そっぽを向いていたアリスも、これにはおどろいたようです。

「克二、しっかり！」

女王が判決のことばを切り、傍聴者は総立ちになりましたが、その物音より明瞭に、うすれゆく克二の意識にのこっているのは、折柄かけつけたとおぼしい、探偵伴俊作の声でした。

「待ってくれ、犯人がわかった！」

第3章 大型パーティの趣旨

1

一歩、会場にはいると、視野の周辺に花火が飛んだような気がした。色彩感覚はほとんどなかった。モノクロの万華鏡をのぞいたように、光が乱舞しただけだ。視野の中心は暗黒だった。

「おかしいな」

克二は瞼(まぶた)を押えて、二三度首をふった。ふたたび眼をあけたときには、なんの異常もない。かれの前にひろがっているのは、華やかな喧騒(けんそう)ばかりであった。

超高層四十七階を誇る新宿グランドホテルでも、ここは最大の宴会場にちがいない。『未知との遭遇』のUFOそっくりなシャンデリアが、いくつもいくつもぶら下っている。場慣れのしない克二は、地震になったらあの下にいるのだけはよそうと考えた。

特設されたステージの上に、「少年ウイークリー創刊20周年記念」の看板が、威容をはなっていた。壁を背に並んだパネルには、そのときどきの『少年ウイークリー』の表紙が、大きく引き伸ばされている。

月間千二百万部に迫ろうという超巨大誌の二十周年なのだ。文英社もそれにふさわしいビッグ・イヴェントを企図したにちがいない。ステージでは、芸能オンチの克二でも、しょっちゅうテレビでお目にかかっている有名タレントが、つぎからつぎへ登場して、愛嬌をふりまいていた。ワンマンショーをひらけば、A席五千円はとれそうなメンバーだというのに、客の大半はそのステージを見向きもせず、飲み、食べ、しゃべりあっていた。

人いきれで、克二は眼が回りそうだった。高価な和服をまとったホステスに手渡された水割りのグラスを、後生大事にかかえて、かれはうろうろと場内をめぐった。

手塚治虫と石ノ森章太郎の顔をみつけ、挨拶しようと近づいたが、ふたりとも色紙に筆を走らせるのに忙しい。永井豪が、平井和正・豊田有恒たちSF作家と談笑している。手持無沙汰だった克二が、そちらへ行こうと人波を泳ぎかけたとき、

「やあ」

意外に身近なところから、那珂の声がかかって、ふりむいた。新谷と、もうひとり

克二の知らない中年の紳士をまじえて、しゃべりあっていた那珂は、気軽に克二を紹介してくれた。

「こちら文英社の第二編集部長で、苫田さんだよ」

「ぼくの直属上司というわけだ。頭のあがらない相手さ」

と、新谷が笑う。苫田は、一分の隙もない紳士だった。「リュウ」ということばに手足が生えた——といおうか、アダルトむけファッションモデル——といおうか、日ごろ服装に関心の乏しい克二が気圧されるほどのダンディぶりを見せて、余裕たっぷりの笑みをたたえている。いまこの会場がミサイルの核攻撃をうけても、この男だけは決して微笑を消さないだろう。

かれは、克二を真正面にみつめて、いった。

「そうですか。あなたが、明野君の下で『コミカ』編集にあたっておられたのですか」

声も深みのあるバリトンだった。よれよれのネクタイを気にしながら、克二は答えた。まるで、入社試験の面接を受けているような自分の緊張ぶりが腹立たしかったけれど……。

「はい。編集長にはさんざんしごかれました」

「あの人は昔気質でしたからな。誤解されたケースも多々あるようだが、りっぱなプロであったのはたしかです」

ほめことばにはちがいないが、どこか奥歯にもののはさまったような感じがのこった。つい、苫田を見かえす克二の視線に気づいてか、相手は必要以上に沈痛な面持となった。

「とにかく、惜しいことをした。かれの死は、日本コミック界の損失です」

重役というのは、いつもこんな大仰なしゃべり方をするのだろうか。そのとき苫田は、克二の肩ごしにだれかをみとめて、ぱっと右手をあげた。オーバーな動きだが、それがまたきまって見えるから、うらやましい。

「やあ、先生！　いつもどうも、お世話になっています」

ふりむくと、克二の後ろにいたのは、高名な文芸評論家だった。かれはしわだらけの手でつかんでいた水割りグラスを、ゆっくりとかかげてみせた。

「ご馳走（ちそう）になってるよ」

「どうぞ、どうぞ」

明野を悼む真情あふれる沈鬱（ちんうつ）さは一瞬に拭（ぬぐ）われて、如才ないビジネスマンの愛嬌（あいきょう）が、端整な顔にフィルターをかけた。

「ご遠慮なく、いくらでも……水割りのお代りはいかがです。おうい」

銀盆にグラスをならべて、人波をかきわけていた長身のウェイターを呼ぼうとするのを、評論家が制止した。

「いや、もう十分。遠慮なぞするものか……『少年ウイークリー』ますます順調らしいね」

「なあに、先生。あれはほんの小児科で、当社の看板はなんといっても文芸評論ですから」

苫田の声が、克二のすぐ後ろで聞こえた。

いっぺんに、克二は苫田を信用する気をなくした。明野が歎いていたとおりだ。ほうっておいても儲かるものは、できるだけ手をぬく一方、エリート読者むけの金にならない仕事に凝ってみせ、企業のイメージアップを図ろうというのだ。

「けっこうじゃないか、売れてるのなら。もっとも、ズギューンとかドビューンとか、そういう擬音だけが文字だと思う読者がふえては、われわれの商売あがったりになるがね」

「それについては、痛し痒しなんですよ。テレビや映画のおかげで、若者の活字ばなれは天下の大勢でして。『ウイークリー』は、いわば防波堤のつもりでおりますが」

明野はそんなことはいわなかった、と克二は考える。

「どこかのコミック批評で、劇画にまともなことばの使われたためしがない、全篇にあふれるのは、ズババーン・ドギューン・ウォーリャー・アチョーッ・ドピャー・スカーッのたぐいだと、えんえん擬声音の例をあげていたがね。読者にとってあれは効果音なのだよ。騎馬のシーンで蹄の音がうるさい、鉄砲を射つ場面で銃声が邪魔だというのとおなじじゃないか。むしろおれは、日本語の擬声音がゆたかになったことをよろこびたいね。剣戟の太刀風を形容するのに、ンザッ！　とやったのは、さいとうたかをだったと思うが、接頭語のンに、無音の気合と鞘走る殺気が凝縮されて、膝をたたいたもんだ」

そのときは、ひいきのひき倒しみたいな気がしたが、いま思うと若い世代の音感のするどさが、形を変えてこんなところにあらわれていたのだ。ズギューンに違和感をおぼえる評論家の世代では、銃声はすべてズドンとしか聞こえなかったにちがいない。

「綿畑くん」

ぽん、と肩をたたかれた。

「井垣さん」

「どう、『コミカ』は順調」

「おかげでなんとか」

井垣早苗は、眼のふちを赤くしていた。酒豪の彼女にしては、珍しいことだ。よほど早いピッチで飲んだとみえる。

「それならいいけど、用心なさいよ」

「なにに用心するんです」

問いかえしてすぐ、思い当った。

「警察が来てるのかな」

「そうじゃなくて、うちの重役はやり手だから」

「苫田さんのことですか」

「そ、苫田錠司。知ってるの」

「ええ。たったいま、新谷さんに紹介されました」

「あの人が文英社で主流派でいられるのは、『ウイークリー』の売れゆきが安定してるからよ」

「それにしては、あまりマンガが好きじゃないようですね」

「好ききらいは関係ないの。経営者は儲かるから出してるんだわ」

「はあ。そんなもんですか」

「きまってるじゃない。甘党の人だって儲かると思えばバーを出すわよ……その大事な『ウイークリー』の市場を、『コミカ』が荒そうとしてるんでしょ」

「なるほど」

「やり手としては、なんらかの手を打って当然だわ」

「たとえば、どんな手ですか」

「めぼしいマンガ家を金で縛って書かせなくするとか、紙の会社を動かして幻想館に渡すまいとするとか」

「はあ……」

「たよりないわね。マンガ週刊誌は、部数もページ数も、一般週刊誌とくらべると、桁外れに多いのよ。第一次オイルショックのときだって、紙問屋にコネがなくて、増刷ができずに部数をのばしそこねたマンガ誌があったわ」

紙といわれて思い出したのは、笙子のことだ。彼女のつとめる大牧製紙は、業界、最大手の会社だったっけ……。

「妨害の徴候はあるんですか」

克二がたずねると、早苗は苦笑した。目尻のしわがふかく刻まれて、会うたびに老けこむ様子なのが痛々しい。

「あのね。私はかりにも文英社よ。『少年ウイークリー』編集部員よ。そんなこと、わかっていても話せっこないじゃない」

「そうか」

「そうかもないもんだわ！　だけどさ」

早苗は、克二に顔を寄せてきた。アルコールにまじって、女の匂いらしいものが鼻を衝き、克二をたじろがせた。

「個人として申しあげるわね。いまのところ、苫田さんは静観の模様よ」

「よかった」

「油断は禁物」

体をひいた早苗に、克二はほんの少し心のこりがした。

「私の知らないところで、深く静かに潜航してるかもわかんないもの……いよう、お揃いね。嫉ける、嫉ける」

早苗が声をかけたのは、中込と由布子、らむと香奈のふた組だった。タレントという商売柄、きらびやかな深紅のドレスを身にまとった由布子は、「蟻巣」で見るより一段と女っぷりをあげている。それに比べて、香奈はラフなジーンズルックだが、きびきびした彼女の若さにフィットして、これはこれで決して場ちがいに見えなかった。

「仕方がない。私はこの人で間に合わせとくか」

早苗がひょいと、克二の腕をとった。

ちょうどそのときだった。克二の視界のすみっこを、川添笙子の白い横顔が通りすぎた。

2

克二は、はっとした。

(笙子さん)

なぜ彼女がこのパーティへ来ているのだろうとふしぎに思ったが、製紙会社と文英社のつながりを考えれば、不自然な登場とはいえなかった。

反射的に克二は、彼女のあとを追おうとした――が、そのときにはもう笙子のほっそりとした姿は、大勢の客にまぎれて見えなくなっていた。はずみで、克二に腕をふりはらわれる形となり、早苗は大袈裟(おおげさ)にずっこけてみせた。

「あ痛あ。きみにまでふられるとは思わなかった」

「あ、すみません。つい」

「いいの、いいの。どうせきみとは敵味方なんだから……いずれ、正面切って対決する日がくるもんね」

「イガちゃんはシビアだよ」

と、らむが割りこむ。

「そうよ! イガキのイガは栗のイガより痛いんだ」

「ええっと。おれ、あんたに彼女紹介したっけか」

らむが、香奈の肩へ手をかける。むろん、恥じらってうつむくような彼女ではないから、赤く染めた髪をさらりとゆすって、

「うん。こないだらむのアパートで、会ってる」

「あ、そうだっけ」

「明野が殺される前の日よ」

かるく、いってのける。

「らむったら、キャンピングカーの話ばっかりしてたでしょう。だから私、あくる晩『馬梨花』で会う約束をしたのよ」

こういうこまかい記憶になると、男性は女性の敵ではない。

「けっきょく、見せてくれないのね、車」

「わりい」

らむは、頭に手をやった。

「どぶちゃん自慢の車は、工場ゆきだって……エンジンの調子がわるくてさ」

と、早苗が助け舟を出してやる。

「そうなんだ、そう」

ほっとしたようにうなずくらむへ、香奈は面倒臭そうに手をふった。

「はじめから、あてにしてやしないわ」

そのしぐさがひどくけだるいものに見え、年若い彼女に中年女のような色香をおぼえた克二は、あわてて首をふった。

（どうかしてるぞ）

このところ仕事にかまけて、ソープもピンクキャバレーも行ってない。だから、早苗にも香奈にも、やたら女を感じるのだ。ちらと見た笙子だって、おれの描いた欲望のまぼろしであったのかも……。

「水割りなくなっちゃった」

という香奈のそばへ、和服の美女が職業的な笑みをたたえて寄り添った。

「お持ちいたしますわ」

「ううん、いいの。らむ、持ってきてくれるでしょ。はいっ」

コップを渡されて、マンガ家は肩をすくめた。

「おれのもなくなってるけどな」

「だからそれは、私が持ってきたげる」

ひょいと恋人のコップを取った香奈は、らむと肩を並べて歩み去った。手持無沙汰にのこったホステス嬢が気の毒になって、お代りを注文した克二は、思いついて早苗にたずねてみた。

「明野さん……知ってたんですか」

「なにを」

「お嬢さんと、獏谷先生の仲を」

早苗の表情を、翳(かげ)がよぎった。ひと息おいて、彼女は苦い茶を飲み下すような調子で答えた。

「ええ」

「ずっと前から」

「亡くなる一週間くらい前だったわ。夜、私の家に電話があったの。『あんな怠け者のマンガ家の、どこがいいんだ』なんて怒ってたけど、けっこううれしそうだった。お嬢さんのことだって、『ガキのくせに色気づきおって』と、いつも腹を立ててたのに、ほんとは心配で心配で眼がはなせなかったのよ。だから……」

「お話中、失礼」

どこにいたのか、那珂がふいに割りこんできた。

「あそこにいらっしゃるのは、社長の芳賀さんでしょう」

センターのテーブルを指して、克二にたずねる。人間の大きさほどありそうなパンダの氷像が、シャンデリアの光をはねかえしている前に、細面で唇がうすく糸のような眼の痩身(そうしん)の男——要するにどこもかしこも線のほそい芳賀聡が、苫田と談笑していた。

「はあ、そうです」

「紹介してもらえると、ありがたいんだが」

巨匠の形容詞にそぐわない、遠慮がちな口調だった。

「どうぞ、どうぞ」

頼まれた相手が那珂一兵なら、紹介のしがいもあるというものだ。克二は、はりきって、那珂を芳賀社長にひきあわせた。

「社長、こちらが那珂先生です」

あとで思うと、那珂は幻想館社長にではなく、『コミカ』の新編集長に挨拶しておきたかったのかもしれない。単に芳賀に紹介されるだけなら、文英社の『ウイークリー』担当重役が、眼の前にいたのだから。

マンガに関する知識の乏しい芳賀であったが、さすがに那珂の名は知っていた。ひとしきり評判作「トコトンくん」の話題が、四人のあいだでかわされた。芳賀や苫田にまじって、対等に話ができたので、サラリーマンとして克二もひどく気分がよかった。

「明野くんに洗脳されたね」

芳賀が笑った。ほかが小作りな顔だけに、笑うと、金歯が目立つ。

「は」

「ぼくが知ってるきみは、コミック音痴だったじゃないか」

「はあ……まあ」

克二は頭をかいた。洗脳か……たしかにそのとおりだ。朝から晩まで、ときには夜中まで、マンガ論をぶちつづけた明野が、なんともやりきれない存在だったのに、死んだ今となるとふしぎに懐しく愛すべき姿に思われてくる。

克二のグラスの中で、氷塊が澄んだ音をたてた。そういえば明野は、頑固に水割りを拒否し、オン・ザ・ロックを注文していた。

「いい酒を水まししたら、第一酒がかわいそうだ。水割りは、進駐軍が戦後日本にもちこんだ悪習のひとつだよ」

それが「蟻巣」での口ぐせだった……。

克二はウェイターに注文して、オールドファッションドグラスにとりかえた。編集長が生きていたら、このグラスをつかんで口角泡を飛ばしていたことだろう。明野を偲(しの)んで、克二は、ひと思いにのどへウイスキーを流しこんだ。

3

「よ。『コミカ』さんだね」

なれなれしく近づいてきたのは、友竹だった。足もとがあぶないほど酔っているのに、青い顔をしている。あまり酒ぐせがよくなさそうだ。そう考えながら、友竹との会話を避けようとしなかったのは、克二自身酔いが回ってきたせいだった。

「さっきあんた、苫田としゃべっていたな」

「ええ」

「あんな馬鹿としゃべるの、やめとけ」

そばにいたホステスがふりかえるほどの大声だ。克二だって、びっくりした。

「ああいう紳士ぶったやつにマンガがわかるか。わかってたまるか」

「はあ、なるほど」

逆らったら胸倉をとられそうな勢いだった。

「毛なみはいい。一流大学を出た。エリートコースだ。女にもてる。いいとこずくめでしょうが。そういう人に、マンガは必要ない！　マンガも、そういう人を必要としないの！　一杯おくれ。ねえちゃんかわゆいねえ」

コップをひったくられたホステスは、露骨にいやな顔をして、くるりと形のいいお尻を見せた。いずれ文英社ゆきつけのクラブが、応援をくりだしたのだろう。相手が友竹では、客に来てくれそうもないから、無理に愛嬌をふりまく必要がなかった。

「マンガてのは、あっちぶつかりこっちぶつかり、人生袋小路の赤提灯へ、首つっこむほか、ゲロ吐く場所のないやつらの、エンタテイ……エンタ……なんだっけな、なんでもいいや、そうでしょうが！　女にふられて、さりとてソープへ行く金もなし、下宿にもどればバーゲンのテレビはぶっこわれてる。そんなときのために、劇画はあるんだ。女の裸の絵をながめて、涙ながらにマスかくのよ……銀座をのたくってる社用族に、この侘しい世界がわかってたまるか！」

吼える友竹をもてあまして、克二はホールの外へ連れ出した。だだっ広い空間に、気まぐれみたいに配置してあるアームチェアに体を埋めて、友竹はなおも酒臭い息を吐きつづけた。かれを介抱するのに手一杯の克二は、ふたりを追うように宴会場から出てきた男たちの存在に、まったく気がつかなかった。

「そうさ、苫田みたいに、女をつまみ食いする男にわかるもんか。あんた、知ってるかい」

「なにをです」

「おれは知ってるんだ。ああ、知ってるとも」

友竹はにたにたと笑った。

「苫田の女だよ……西新宿にある有名ラブホテルを取材したとき、コネをつけたんだ。そこの従業員とは、今じゃ兄弟同様でね。でもって、のぞかせてもらうんだよちょくちょくと」

「のぞく？」

「とぼけてやがら、このう」

肘で克二をつついた友竹は、真剣な表情になってささやいた。

「そのうちに見ちまったのさ。苫田があのおすまし顔で、女をひっぱりこんだのを。へっ、大したプロレスだったぜ。おれ本気で、ベッドがこわれやしないか心配になった。ゴルフで鍛えたスポーツマンみたいな恰好してるけど、なに裸になりゃデボデボと腹あ出てるし、皮はたるんでるし、中年のみにくさまるだしでよ、そのくせ精力絶倫七転八倒、若くてぴちぴちしてる女の方が、しまいに悲鳴をあげる始末でさあ……そいつもここへ来てるんだ」

「え」

すぐには、なんのことかわからなかった。

「女だよ」

友竹が、じれったそうに声を高める。

「苫田のパートナーになって、格闘劇画そっくりのポーズをきめていた女がさ、シャナシャナ歩いてるからおどろくじゃんか」

「どこかの雑誌の編集者なんですか」

「それがよくわからねえ」

と、友竹は首をかしげた。

「あれだけ美人の編集者がいたんなら、おれの耳にはいっていいはずなのに」

「応援に来たホステスでしょう」

「にしては、素人っぽい服装だったがな」

「失礼」

だしぬけに声をかけられて、克二はとびあがった。ふりかえると、顔なじみの刑事たちがいた。大柄な上島と、貧相な清水だ。

「やあ」

友竹がよたよた手をあげたところを見ると、かれも刑事の訪問を受けたにちがいない。

「友竹さん。いまお話になっていた女ですが」

「立ち聞きかい。人がわりいや」

「ラブホテルののぞきほどではないでしょう」

　そう上島にいわれて、友竹はにたりと笑った。

「いっしょに探していただけませんか」

「そりゃかまわないが……もうかなり前なんで、帰っちまったかも」

「だから、急ぐ必要があるんです。どうぞ」

　形はお願いでも、ことばに有無をいわせぬひびきがあった。入廷する被疑者のように、刑事にはさまれた友竹は、会場へひきかえした。ゆきがかり上克二もついてゆくと、ちょうど苫田専務が、文英社を代表して一同にお礼を述べている最中だった。

　挨拶がおわればおひらきになるのだろう、スピーチに耳をかたむける人の数は、めっきり少なくなっていた。早苗も、らむと香奈も、姿を消していた。ぽつんと立っている中込に、克二はささやいた。

「奥さんは」

「先に帰った」

　と、かれは答えた。

「『蟻巣』の支度をしなけりゃな。あんたもよかったら、あとで寄ってやってよ」

　苫田の挨拶がおわると、予想どおり客はぞろぞろとホールを出て行った。最後までねばった刑事たちだったが、けっきょく苫田の「女」は、みつからずじまいだった。

4

「その後の捜査状況は、どうなってるんです」

ホテル前の雑踏をきらって、歩きだした克二は、刑事たちと肩を並べた。ドラマで銃をふり回す刑事にくらべると、ほんものの警察官はずっと地道にくすんでいて、そのくせ得体の知れぬしたたかさを底に秘めている。いつもの克二なら、気易く声をかけるはずのない相手だったが、今夜はたっぷり酒がはいっていた。

街灯に白く浮かんだ咲きおくれのアジサイをいくつか、横眼に見ながら、

「かりにもぼくの上司が被害者ですからね。お聞きしたくなるのも当然でしょう。むろん、むりにとはいいませんが」

刑事たちは、眼配せしあったようだ。それから上島の方が、口を切った。

「かまいませんよ。あなたには社内事情など、これからご協力願わねばならないし」

「ということは、まだ容疑者がかたまっていないんですね」

「ま、そうです」

上島は率直にうなずいた。

「場所が場所だけに、流しの犯行ということはあり得ません。明野氏を知る者の怨恨

とみるのが常識です。だが、困っているのはまだ第一現場のみつからんことです」

「第一現場というと……ああ、実際に編集長が殺されたところですか」

「死体があったへやには、格闘の痕も、血痕も、なにひとつない。だが、現に被害者はあなたたちに、軽井沢の別荘である人物に会うといいのこしている」

「すると、もっとも想像しやすいケースをいえば、編集長は別荘の近くで、その人物に会い、争いとなって殺された……殺人犯は、発見を少しでもおくらせようと、死体を別荘の中へ運んだ」

「それについて奇妙なのは、被害者の足跡がまったくたしかめられない点です」

「とおっしゃると」

「あなたが『蟻巣』で別れたのが八時ごろだから、明野氏は、上野を20時53分発の急行『越前』に間に合った。こいつを逃がすと、あとは最終の23時58分発急行『妙高9号』までありませんからね。『越前』の軽井沢着は23時19分です。だが、改札した駅員はそれらしい人物を記憶していません」

「軽井沢といえば、信越本線では乗降客がはげしい駅でしょう。記憶にのこらないのも、やむをえないんじゃないですか」

「しかし、六月はまだ、シーズンオフです。それに観光が目的の客なら、もっと早い時間に軽井沢へはいっていますよ。事実、その列車で来軽したのは十六名にすぎませんでした。もうひとつ、おかしなことがあります。軽井沢駅から現場まで、タクシー以外に足の便はない。ところが、当夜駅で客待ちしていたタクシーは、どれも明野氏らしい客を乗せていません」

「編集長が会う約束をした人物が、車で迎えに行ったんですね」

克二は、考え考えいった。

「深夜の、それも季節外れの軽井沢で会うなんて、いかにも秘密めかしてるじゃありませんか。その秘密は、編集長より、むしろ相手にとって必要なことだった。いや……相手は、はじめから秘密を守るため、編集長を殺すつもりでいた……とすれば、あとで調べられることのわかりきった軽井沢駅を避け、べつの駅でコンタクトしようとした……」

「われわれも、そう考えました」

上島はゆっくりといった。

「迎えの車中で、犯人は明野氏を殺し、かれの別荘へ捨てていった、と。そうなると死亡時間が問題になります」

「あ」

「残念なことに、死体の発見された別荘は、暖房で異常なほど温度が高くなっていました。灯油による大型ストーブは、壁の一部にはめこみとなり、リビングルームと、ダイニングルームの両方をあたためる形式です。死体は、熱風の吹き出し位置に倒れていましたから、死亡時間が特定しにくく、幅が広がりました。暖房がなん時間つづいていたか、わかりませんのでね」

たしか検屍の結果は前夜の十時から午前一時と出たはずだ。

「この時間を、『越前』のダイヤにあてはめてみると、横川23時02分、小諸23時52分の二駅が該当します。早速両駅を調べたところ、横川は降車客わずか三名で、いずれも駅員の顔見知りでした」

「小諸はどうです」

「残念ながら、当夜小諸駅では繁忙をきわめたため、駅員のだれひとりとして記憶しておらんのです」

清水刑事が、註釈した。

「その日、新幹線が事故で大幅におくれましてね。小諸駅前商店会の九州旅行団の帰郷が、この列車にずれこんだんですよ。国鉄の不手際をなじる乗客でひと悶着あって、とても被害者を確認するどころじゃなかったようです」

「しかし、ほかの条件から考えて、被害者とその人物が会ったのは、小諸駅である可能性が大きい」

「いっそ、東京で落ちあって、ずっと車に乗せていったというのは、どうです」

といってから、克二は、編集長のことばを思い出した。

「ちがうな。われわれに、『上野から列車に乗る』と、いいおいて出て行った」

「それはまあ、先方が腹に一物あって、明野氏を途中でキャッチしたと考えてもよろしいが、とすると、なにも軽井沢まで足をのばす必要はないことになります」

「なるほど」

「軽井沢で会ったのは、ひとつは秘密を守るため。もうひとつは、どちらかの利便のため、いいかえれば、どちらかが軽井沢に近い場所にいたのではないか。この場合明野氏は在京していたのだから、相手側が、たまたま軽井沢もしくは小諸近辺にいたことになる。その条件に合う人物が、ふたりいました」

ふいに克二は、心臓がぎゅんとちぢむような気がした。そのひとりというのは、もしかすると……。

「おたくの芳賀社長です」

と、清水がいった。やっぱり！　芳賀の実母は脚を骨折したので、郷里である小諸の市立病院へはいっている。だから芳賀は週に一度、小諸を往復していたのだ。明野が殺された夜、芳賀はたまたま小諸に泊っていた——。

「まさか、社長が」

克二がこわばった顔で笑おうとした。

「わざわざ文英社からひきぬいた名編集長を殺すなんて、辻褄が合わんじゃないですか」

「表向きは、たしかにそうです。しかし被害者は、あくの強い性格でこれまでもたびたび上層部と衝突していたそうですな。あなたにうかがいたいのは、そのへんのところですよ」

「アリバイがないんですか、社長の」

「ありません」

　上島刑事は断言した。

「駅前のビジネスホテルに投宿しておられたのだが、一般のホテルとちがって、チェックアウトまでルームキイは宿泊客にあずけっぱなしにしていますからね。むろん、日中ならホテルのスタッフが、清掃やベッドメイクでへやを出入りしたでしょうが、深夜とあっては調べようがない」

「………」

「ただし、芳賀氏にとって有利な点は、運転免許をもっておらんことです。それについては、もうひとりの苫田氏もおなじです」

「苫田専務」

　克二は、足を止めた。すぐ後ろを歩いていたアベックがぶつかりそうになって、ちえっと聞こえよがしな舌打ちをのこして、追いぬいていった。

「苫田さんも、あの日、近くにいらしたんですか」

「小諸の東南郊に千曲ビレッジというリゾートマンションがあります。当夜をはさんで三日間、苫田氏はその一室にいた……分譲した業者が知人だったとかで、完成してすぐオーナーになっているんです」

「アリバイは」

「…………」

上島刑事は、だまってかぶりを振った。

「しかし、マンションなら管理人がいるでしょう」

「夜十一時以降、正面の扉はロックされます。各戸のオーナーは、予め渡されたキイで、通用口から出入りするシステムです」

「捜査もやりにくくなった」

と、清水刑事はいまいましげにいった。

「隣組だの、長屋だの、戦前は人と人の横のつながりがあった……近ごろはどうだ。アパート、マンション、団地。都会だけじゃない、田舎にまでわけのわからん横文字の住宅がふえてきて、隣りはなにをする人ぞ」

「ガス爆発でもないかぎり、隣りの住人の存在は、確認できませんからね」

物騒なことを口走った克二は、ふと笙子を思い出した。そうだ、おれはちゃんとお隣りさんを知っている。

「免許がないのは、苫田氏も同様です。小諸近郊のタクシー業者は、くまなく当りました。芳賀氏あるいは苫田氏らしい人物を乗せた車はありません」

「苫田氏は、ひとりで出かけていたのですか」

「そのようです。家族には仕事と称して、書類をかかえていったそうです。むろん」

と、上島はにやりと笑った。

「ふたりいっしょに泊る設備はあります。備えつけのベッドは、ダブルサイズですから」

「そこで、友竹さんによる情報が重要になったんですね」

苫田の『女』が車を持っていたとすれば、その晩の内に現場と千曲ビレッジを往復するのは簡単なことだ。

「いったい、何者でしょう。その女性は」

「参会者の芳名録をコピーしてあります。なに、一日二日のあいだに割り出せるでしょう」

上島は自信ありげだった。

「なぜって、大半の人間は友竹氏の顔見知りですから、除外されます。のこるところは……」

過去の劇画家である友竹のつきあいがない、新人クラスの編集者か、営業関係、あるいは印刷、製版、製紙など関連業者のグループ……。

(製紙会社)

克二は、びくんと頬をふるわせた。

笙子がそうだ！

同時に、するどい光が克二の視野の周辺にきらめいた。パーティ会場へ、足をふみ入れたときとおなじ光だ。

「どうしました。綿畑さん」

立ちすくんだ克二をふりかえって、不審げに問いかける刑事の声が、ズームアウトしたように遠ざかって……。

克二はそれが、閃輝(せんき)暗点と呼ばれる統合失調症の前駆症状であることを知らなかった。

第Ⅳ章

なぜあの人が犯人かしら?

I

「わしは真犯人をつきとめた」

ヒゲオヤジは、こともなげにいってのけましたが、法廷はたちまち大混乱。

「ニャロメ！　真犯人ならそこにいる三次元の住人だ」

ニャロメが怒りのひげをふるわせれば、失神からさめた克二を介抱していたアリスも負けじと、

「名探偵の話をお聞きなさい」

と叫びます。三月兎がそこら中をはね回って、

「密室カイケツ黒頭巾、犯人タイホウ卵焼、地震雷ヒゲオヤジ、頭かくしてシリ滅裂」

なんだかめちゃくちゃなことを口走れば、帽子屋は帽子屋で、

「犯人ふたりなら死刑台がふたつ、右の死刑台に死刑執行絞刑吏がひとり、左の死刑台にも死刑執行絞刑吏がひとり、ふたつあわせて死刑執行絞刑吏がふたり」

とまくしたてます。とうとう最後には、女王が怒鳴り散らしました。

「えい、そうぞうしい。絞首刑なぞ手ぬるい、片っぱしから首を切れ！」

ふしぎの国には労働組合がないのかなと、克二が妙なことを考えているうちに、法廷は打った水が氷になるほど、シーンとつめたく静まりかえりました。

あわてずさわがず、その様子を見守っていたヒゲオヤジ探偵が、やおら事件の解明にとりかかります。

「まず問題の密室ですな。ニャロメ検事は、三次元世界に住んでいた綿畑くんなればこそ可能であった、ゆえに逮捕すべしとおっしゃるが、私をしていわせるなら、これは論理的に誤っておる」

「ヒゲオヤジさん、すてき！」

アリスが、マイクなしでステージに立ったミュージシャンのように、とっておきの大声をはりあげました。

「綿畑くんは夢を失った自分の環境に絶望して、あえてこの世界に逃避をこころみた。そのかれに、われわれ以上の能力がのこっているだろうか。ふしぎの国に

同化した綿畑くんが、ふしぎの国以上のふしぎを現出せしむることができたら、それはまことにふしぎである。待ちなさい、検事」――

ヒゲオヤジは、ニャロメがなにか発言しようとしたのを、かるく手をあげて押さえました。

「異議あり」

それでもニャロメがしゃべろうとして尻尾をあげたのを見ると、

「おうおう。おう！」

やにわに腕まくりしたヒゲオヤジは、すごみました。

「なめんじゃねえぞ。おれをだれだと思ってるんでえ。憚りながら江戸は水道の水で産湯を使ったじいさんから、三代つづきのちゃきちゃきの江戸っ子、伴俊作だあ。話はしまいまでちゃんと聞くのが、作法というもんよ！」

さすがにニャロメもおそれいったとみえ、だまりこみました。と見ると、メガトンクラスの核爆弾が、線香花火になったみたいに、オクターブをおとしたヒゲオヤジが、ソフトな口調でつづけます。

「かりに、被告綿畑くんに、密室殺人――じゃなかった殺猫を遂行する能力が備わっていたとすれば、かれは容易に女王陛下の軍隊の追及を免れることができる。え、そうだろう？　ニャロメ検事の言を以てすれば、綿畑くんは、三次元跳躍することにより、われわれの感知不能のエリアに逃げこめるからだ。だが、かれはそうすることなく、唯々諾々としてこの法廷に在る。すなわち」

ヒゲオヤジは、裁判長席にむかって声をはりあげました。

「三次元超能力を持つ綿畑被告を捕えよというのは、ナンセンスであります。なぜなら、超能力を持つ被告を捕えることは不可能であり、超能力を持たぬ被告であれば捕える必要がないからです！」

「ニャ……ニャーるほど」

無節操というか率直というか、ニャロメはかれのキャットフレーズである真情あふれる軽薄さを示して、感心してみせました。

「そういやそうだニャロメ。すると伴探偵、あんたはだれが犯人で、どうやって密室を構成したか、わキャっているのか」

「いかにも」

と、ヒゲオヤジは重々しくうなずきました。

さすが手塚治虫の創造したベテランだけある！　克二がうれしくなってアリスの手を握りしめると、彼女も力強く握りかえします。

「さて。現場をくまなく見た我輩が、まず抱いた疑問は、あの密室そのものであります」

「ニャーんだ」

はりあいがぬけたように、ニャロメが不満を洩らしました。

「密室に疑問を持つのは、あたり前だニャロメ」

「いやいや」

と、ヒゲオヤジは手をふってみせ、

「我輩が指摘したいのは、どうすれば密室犯罪が可能なのか、ではない。なぜ密室がつくられたか……そもそもあの密室はなんであるか、という点だ」

「ただの山小屋じゃニャいか」

ニャロメが答えます。

「ふしぎの国には建築確認許可申請も、不動産取得税も、頭金20パーセント長期住宅ローンもニャいから、それ以上のことはわからニャい」

「わかる」

ヒゲオヤジは、切り返します。

「我輩は、あの小屋をつぶさに観察した。それによって、アメリカのカンザスあたりで見られる小屋と結論を下したのである」

カンザス？　聞いたことがあります。アメリカへ行ってもいない克二が、なぜ知っているのでしょう。そこまで考えたとたん、電光のようにひとつの童話の夕イトルが、かれの頭に浮かびました。

「オズの魔法使い！」

「そうだ」

と、ヒゲオヤジは、被告席をふりかえっていいました。

「あれはドロシーが住んでいた小屋なのだ」

「しかし、その小屋ならマンチキンの国へ飛ばされたはずです」

「きみは、あれっきりドロシーの伯父上が野宿していると思ったのかね」

「そうか……家を建て直したんですね」

「当然だろう。その際、かれはあたらしい家に工夫を加えたとみえる。かつてドロシーが、オズの世界へ飛ばされたとき、小屋の一部に待避用の小べやがついていた」

「おぼえています。ドロシーと、小犬のトートーは、その穴へはいりそこねて、小屋といっしょに、竜巻にさらわれたんです」

「そこで伯父上は考えたにちがいない。小屋の全部に穴を掘ろうと。そうすれば、家の中のどこにいても、吹き飛ばされる心配がない……いわば半地下式だな。そのため、あの小屋には床が附属していなかった」

「つまり、ドロシーの小屋は、二度めの竜巻で、こんどはふしぎの国へ飛ばされてきたというんですか」

「そのとおり。だから今回は小屋だけが飛ばされて、ドロシーたちは姿を見せなんだ」

「ニャロメ！ どういうことになるんニャ。小屋が吹き飛ばされたからって、ニャぜそれが密室になるんニャ」

検事はいらいらとひげをふるわせました。

「待ちなさい」

と、伴探偵は落着きはらって、ニャロメを制します。

「いまわしは、小屋が飛ばされてきたといった……だが、あの小屋の様子を観察すると、壁の下端はほとんど地面にめりこんでおらん」

「そんニャことはわかってる。あのへんは、地盤が堅いんニャ」

「周囲の木の枝が一本も折れとらん」

「それがどうしたというんニャ」

「花は、小屋の屋根におおいかぶさらんばかりに咲いておった」

「…………？」

「空から飛来した小屋にしては、おかしいと思わんかね」

「ニャにぬかす。吹き飛ばされたといったのはおミャーだ！」

「たしかにいった……だが、カンザスから飛んできた小屋が、最初に着いた場所があそこだとは、いわなんだ。見れば見るほどあの小屋は、だれかが林の中へ差し入れた——という感じで鎮座しとる。むろんそれでも、相応の物音はしたろうがな、吹き飛ばされたとすれば、この法廷のあたりまで、地ひびきが聞こえてもよさそうなもんだて」

そこでヒゲオヤジは、問答に耳をかたむけている女王をふりむきました。もっとも、かたむけようにも耳は不随意筋ですから、女王は首をかたむけようとしていました。困ったことに猪首だったので、やむなく女王は全身をかたむけていらっしゃったのです。

「陛下におたずねします……そのような不審なもの音について、報告はございませんでしたか。なお私は、今朝の九時あの場所を通過して、そんな小屋がなかったことを確認しております」

「つまり、朝からアリスの結婚式までのあいだ、正体不明の地ひびきを聞いた者がいるかどうかじゃな……はて」

女王は体ごと首をひねって、王さまを見ました。

「わが君、いかがでございます」

「直下型地震ならいざ知らず、気づく機会はなかったと申すべきじゃ……その時間帯なれば、余らはクリケットをたのしんでいたではないか」

「おや、まあ。さようでありましたなあ」

「ふしぎの国の住人にのこらず布令を回し、そなたはフラミンゴをふりかざして、どたどたかけずっておった……あたり一面、慢性的に震度2はあったぞよ」

「おっとっと」

伴探偵が、注意を喚起しました。

「お忘れになっちゃいけません。そのクリケットに参加せず、お城をはなれてわが家でパーティをひらいていた連中がいたでしょうに」

「忘れていた」

と、女王がばあんとグローブのような手を打ったので、王さまは王冠をはらい落されてしまいました。

「帽子屋と三月兎より知らせをもらった……あやしい地ひびきが聞こえた、とな」

「なるほど」

「クリケットゲーム中なれど、わらわは物見をやることにした」

「で、原因は判明いたしましたか」

「したとも」

女王は、窮屈そうにうなずいて、

「すなわち鉄人28号の到着じゃ」

「そのほかに、不審な音を聞いた者はございませんか」

「いない」

女王は、きっぱりといいました。

「鉄人と小屋が競馬の名勝負みたいに同着でないかぎり、物音は二度起こるべきであるぞ。探偵の推理に誤りがあるのではないかえ」

「誤りがあるなら謝りますがね。その前にひとつ、たしかめさせてもらいましょう」

ヒゲオヤジは、にやりと笑いました。

「そのときの情況について、帽子屋くん……くりかえしてくれないか」

思いがけぬ指名を受けて、帽子屋は、あたふたと証人席へとびこみました。

「ええ、情況といいましても、なにせ遠いところに起こった地ひびきでございまして……あれはさよう、私がティーポットに」

「ちょいと待った」

ヒゲオヤジは、弁護士席を降りてのこのこと帽子屋に近づきました。

「そのあとが大切なんでね。個人的に聞かせてもらいたい」

証言を個人的に聞いて、どうするというのでしょう。目をぱちくりしている克二の前で、ヒゲオヤジは、もっともらしくなんどもうなずいてみせました。

「ふんふん、お湯をついだとたんに、テーブルが揺れたのか」

「テーブルが揺れ、ソーサーが揺れ、スプーンが揺れ、カップが揺れ、中にのこっていた紅茶が揺れました」

「それはなにかね、かなりひどく揺れたのかね」

「いいえ。たまたま私が注意ぶかい人間であり、且つ視線がティーカップにむかっていたからわかったことであります」

「ご苦労さん」

あっさり帽子屋を放免したヒゲオヤジは、次いで声をはりあげました。

「三月兎くんにたずねたい」

「はいはい、なんです」

弥次馬気分で証人席へはいった三月兎に、ヒゲオヤジがぶつけた質問は、帽子屋に対するのとそっくりおなじでした。

「ティー・パーティの最中に、異常な震動をおぼえたという。正確には、それはいつのことかな……情況をくりかえしていただきたい」

「ええ、情況といいましても、なにせ遠いところに起こったもんですから」

と、三月兎の証言も、コピーしたようにおんなじです。

「あれはつまりですね、帽子屋がティーポットにお湯を」

「待った」

手をあげたヒゲオヤジが、証人席へ近づいて耳を寄せたことまでおなじです。

「ふんふん、そのとたんにテーブルが揺れたんだね」

「テーブルにソーサー、スプーンにカップ、紅茶まで揺れました」

「異議あり」

ニャロメが頬をふくらませて、抗議しました。

「ニャんのつもりでおなじことを聞いているのか。時間の無駄だぞニャロメ」

「たしかに我輩はおなじことを聞いた」

と、ヒゲオヤジがヒゲをなでました。

「だが答えは、重要な部分でちがっていた！」

「おなじでニャあか」

「いいや。あえて先入観を与えぬため、個人的に聞いたのであるが、帽子屋はこういった。

『ティーポットに三度めのお湯をついだとき』

そして三月兎はこういった。

『ティーポットにお湯を、四度めのつぎ足しをしたときに』」

II

「どういうことじゃ」

女王もわけがわからないようです。

「帽子屋は、三度めにティーポットへお湯をついだあと、地ひびきがあったという。三月兎は、四度めにお湯をついだあとと申す。いずれが正しいのか」

「どっちも正しいと考えたら、どうなります」

と、ヒゲオヤジはいいました。

「帽子屋にしても三月兎にしても、うそをついて得することはありゃしません。ふたりがほんとうのことをいったとすれば、結論は……」

「地ひびきは、二度おこったんだ！」

克二が大声をあげました。

「一度はたしかに、鉄人28号が着いたときだ。もう一度は、ドロシーの小屋が落ちたとき……」

「どちらも地ひびきのレベルは同程度だった」

ヒゲオヤジがつけ加えます。

「鉄人の近くに小屋が落ちた可能性は大きい……鉄人28号の重量をt_1トン、落下速度をS_1m/h、小屋の重量をt_2トン、落下速度をS_2m/hとすればだ」

背中にかくした電卓のボタンを素早く押した探偵は、あらわれた数字をちらりと見て、満足そうにいいました。

「ほぼおなじ衝撃が起こる。兵士たちは、鉄人のみに気づいて、小屋を見逃していたのですな……さて、女王陛下」

数字にいたって弱い女王は、ヒゲオヤジの弁舌をぽかんと聞いていたので、大あわてで威厳をつくろいました。

「なんじゃ」

「弁護側の証人として、ニャロメ検事を申請いたします」

「ニャロメ！　このおれが証人にニャるのか」

かれは不満気でしたが、

「よろしい……検事は証人席に立ちなさい」

あっさり女王にいわれては、文句をつけるわけにはゆきません。

型通り証人の宣誓をしたニャロメに、ヒゲオヤジはまず斬りこみました。

「証人におたずねする。逃走をはかった被告を逮捕するため、鉄人28号を操縦したのはだれか」

「もちろん、おれだ」

と、ニャロメが胸を張ったので、貧相なあばら骨が、ちょろちょろの毛皮を通してまる見えです。

「では、その操縦器を、どこで手に入れたのか」

たたみかけられて、検事はうっと返答に詰まりました。

「そんニャことは、本件に関係ニャい」

「大いにあるのだ。答えなければ証人を法廷侮辱罪で告発する」

「そんなバキャな……おれは検事でニャーか！」

すると意外にも、女王はヒゲオヤジの味方をしました。

「答えよ、ニャロメ」

女王の命令を無視したら、「首を切れ」というに決まっています。仕方なく、

ニャロメは頬をふくらませていいました。

「拾ったんだ！」

道理で、聞かれるたびに口ごもったはずです。

「どこで」

「お城の庭園で……クリケットの道具のあいだに落ちていた」

「いつ」

「チェシャの死体をみつけて、女王陛下に知らせるつもりでとんできた、そのときだぞニャロメ」

「そしてお前は、それっきり鉄人の操縦器を自分のものにしたのかえ」

とたずねたのは、女王です。ニャロメは、ぞっとしたように女王を見ました。

「ニャンだ、その眼は。ほんのしばらく鉄人をおもちゃにしたからって、陛下が文句をつけることはニャいだろう」

「証人にたずねる」

かまわず、ヒゲオヤジはいいました。

「操縦器が鉄人のものということは、すぐわかったのかね」

「金田正太郎と、名前が書いてあったキャラだ。それにおれは、あのマンガを愛読していたんだ」

「きみが拾ったとき、操縦器のスイッチはオフになっていたか」

「もちろん。だが、動かしてみると案外簡単だった。こう見えても、おれはメカに強いんニャ」

「では聞こう……その操縦器は、だれが庭園に落していったと思うか」

「そんニャことはわからニャい」

「金田正太郎くんも、ふしぎの国へ来たのだろうか」

　ちょっと考えこんだニャロメは、首をふりました。

「そうではニャさそうだ……あの操縦器には、飛行や歩行など大まかな動きをあやつるのと、卵をつまむようなこまかい動作を指示するのと、二種類のレバーがある。小さいレバーにはカバーがかかったままだった」

「その直前まで操縦器を持っていたのが正太郎少年なら、当然どちらのレバーも使ったはずというのだな」

「そのとおりだ。もしかしたら前の持主はメカ音痴で、小さいレバーに気がつかないパーなやつだったかも」

「な、なにを申すか！」

　だしぬけに、女王が怒号しました。

「わらわをパーとは、よくぞいうた……首を切れ！」

「ちょっと待て、ニャロメ」

　検事は腰をぬかしそうになりました。

「それじゃ、あの操縦器を使っていたのは女王陛下！」

「いかにもわらわである」

　陛下は咆哮（ほうこう）しました。

「横山光輝のマンガを読んで、鉄人に興味を抱いたのじゃ。あのたくましさ、あの大きさ、あの硬さ！　それにひきかえわが君の……」

なにやらいいかけて、脱線に気がついたのでしょう、あとをむにゃむにゃごまかして、

「敷島博士と正太郎どのに依頼して、ひとまず操縦器を、宅送便でとりよせたのじゃ。城へ呼びよせたつもりの鉄人であったが、若干の誤差が生じて」

「ふしぎの国の外れへ落ちた……物見に報告をもらって、どうなさいました陛下は」

「なおしばらく操縦器をいじったものの、鉄人はあらわれぬ。するうち、アリスの結婚式の時間となったため、クリケットを中止したのじゃ。その折に、操縦器を置き忘れたものであろう」

「ありがとうござんした」

一礼して、顔をあげたヒゲオヤジは、会心の笑みをたたえていました。

「どうやらこれで、話の筋道がつながりました」

「教えてください、ヒゲオヤジさん」

克二が声をしぼります。

「ぼくにはさっぱりわからない……チェシャ猫殺しの犯人はだれです」

「ふふふ」

ヒゲオヤジが笑いを押さえかねて、いいました。

「探偵小説としちゃ、新機軸の意外な犯人だなあ。探偵が犯人？　刑事が犯人？　記述者が犯人？　どいつもこいつも出つくしてるが、犯人を裁く法廷の裁判長が犯人というのは——ユニークな部類にはいるだろうぜ」

裁判長が犯人ですって。

裁判長といえば、女王陛下のことではありませんか。ああ、さすがの名探偵ヒゲオヤジも、ワンダーランドの毒気にあてられて、気がくるったのでしょうか。いやいや、くるったなぞと、差別語を使ってはなりません。頭が不自由になったのでしょうか。

III

犯人は女王さま！

あまりといえばあまりの意外さに、しばらくはフリーザーで急速冷凍されたみたいに、静まりかえっていた法廷でしたが、ひと息ふた息ののち、はなばなしい臨界爆発をおこして、怒号と叫喚（きょうかん）で沸きかえりました。それにしても驚きが強すぎて、すぐには舌が回りません。

　帽子屋が帽子をふりかざして、

「モーソーチク！」

　と叫べば、白兎は羊皮紙片手に、

「シロサギだあ」

　といい、王さまは王さまで、

「あのここなシャカイトウめ、ヘイサッを呼べ、ケイタイを導入せよ」

　とばかり、顔をまっかにしています。克二は、法廷じゅうの人物が、いっせいに言語障害を起こしたのかとびっくりしましたが、よく考えてみると、ヘイサッとケイタイは、警察と兵隊をまぜこぜにしたのですし、シャカイトウは、多分「社会を毒する悪党」とでも罵ろうとしたのでしょう。その伝でゆけば、モーソーチクは、「妄想病患者の畜生」であり、シロサギは「素人探偵の詐欺師」ででもありましょうか。

　当の女王は、シンデレラの馬車の材料になりそうなほど、まるまるとふとった体を、見るもあわれにちぢませて、

「おお、オットセイなるわがきみよ」

ひしと王さまにしがみついています。いうまでもなく、「夫よ、聖なるわがき

みよ」のつもりなのでしょう。

そういえばキャロルの「アリス」には、鞄語（かばんご）というやつが頻出したっけ、と克二は思い出しました。スネークとシャークをくっつけて、怪獣スナークを創りだしたキャロルのいたずらを、われわれの世界にあてはめたら、どうなります。それはマンガです。テレビです……「スペクトルマン」に登場した怪獣は、モグラとネズミが合体したモグネチュードンでありました。地中の悪魔があらわれて、いざ！とばかり戦うシリーズが「アクマイザー3」。五人のレインジャーグループは「秘密戦隊ゴレンジャー」。偉大な二枚目の戦士であれば「ダイアポロン」。スーパーカーが合体するから「ガッタイガー」。根性あるロボットが主人公の「ロボコン」。凝ったものになりますと、北関東ではトンボをガッチャというそうですが、そこでつけられたタイトルが「ガッチャマン」。ふたつをひとつに圧縮した、日本版 portmanteau word は、枚挙に暇（いとま）ありません。そもそも怪獣映画のルーツである「ゴジラ」にしてからが、ゴリラとクジラの二語が膠着（こうちゃく）したものです。

「お静かに」

ヒゲオヤジは、平然と廷内を見渡していいました。

「これが静かにしていられるか」

と、王様は王冠をかたむけておかんむりです。

「不敬罪で告訴するぞ」

「それは時間の不経済というものです」

名探偵はまったく動じません。

「まず、我輩の論証をお聞きなさい」

そういいはなったときのヒゲオヤジは、体がなん倍にもふくれあがって見えました。探偵の自信のなせる業か、あるいは、これぞふしぎの国にふさわしい変形現象であったのか。

女王陛下は、鉄人28号の操縦器を入手された。そして、28号を動かした。あいにくメカに弱い陛下、あてずっぽうの操縦ぶり。どう28号が動いたかといえば、手近に落ちていたドロシー嬢の小屋を持ちあげ、他の場所へ運ぶことだった。運んだ場所は、透明だったチェシャ猫が、眠っている草原。ずしん！

ヒゲオヤジが、ゼスチュアまじりに大声をあげると、臆病者のトカゲのビルが、とびあがりました。

「小屋が置かれたもの音に、おどろいたチェシャ猫は、闇雲に走りだし、そこが小屋の中とも知らず、壁にぶつかって倒れた……というのが、真相です」

「それで密室犯罪に見えたのね！」

アリスが叫びました。

「凶器は平たい鈍器のようなもの……小屋の壁が、つまり凶器だったんだ」

克二がいいました。

「密室すなわち凶器……その小屋をひとりで移動させるような力もちは、鉄人28号以外いない」

「しかもその時間、操縦器をいじっていたのは女王陛下ただひとり。殺しとはいえニャくとも、過失致死罪だぞニャロメ」

検事がいいました。

「もともとチェシャ猫を殺すつもりはなかったのか。うーむ、道理で動機がみつからないわけだ」

三月兎がいうと、

「時計を修理するには、バターが一番」

帽子屋がいいました。

「まだ納得できん点がある」

白兎は、羊皮紙をいじりながら反論をこころみます。

「チェシャ猫が走って、壁にぶつかったと、伴探偵はおっしゃるが、いくら寝呆けていたにせよ、そんな致命的な打撃を受けるほど、猛烈な勢いでぶつかるものだろうか……少なくとも、かれの眼に小屋の壁が映っていたはずなのに」

「ところが見えていないのだ」

と、ヒゲオヤジは断定しました。

「我輩は申し上げた……チェシャ猫は、闇雲に走ったと」

「じゃあ探偵さん」

アリスがかん高い声で質問しました。

「そのときのチェシャには小屋の中がまっ暗だったとおっしゃるの！」

「そう」

ふりかえったヒゲオヤジは、つけくわえました。

「但し、透明になっているときだけですがね」

「なぜそんなことがわかるのです」

「これは寺田寅彦という科学者のことばだが、眼が見えるのは眼球の水晶体が光を屈折させるためであり、光を屈折させれば、当然外部から水晶体の存在を感知することができる……いいかえると、完全に透明であろうとするなら、光を屈折させることはできないはずだというのです。すなわち、姿を消したときのチェシャ猫は、視覚を失っている！」

裁判官席の王様たちも、検事席も、傍聴席も、むろん被告の克二も、茫然としていました。

われわれにとって不可視のチェシャ猫が、実はかれの方でも自分を取り巻く世界を不可視としていた意外事。密室を構成した者が、怪力の来訪者鉄人28号であり、それとも知らず操縦器をいじくっていた結果、チェシャ猫を死にいたらしめた犯人が、女王陛下――この法廷の裁判長であった事実。

Ⅳ

「克二！」

法廷をおおう沈黙をやぶって、やにわにかれの首っ玉へしがみついたのは、いうまでもなくアリスでした。

「よかった、あなたの無罪が証明されたのよ！」

そういわれても、まだ克二には実感が湧いてきません。

「ニャロメ。運のいいやつだニャ」

ニャロメに背を肱（ひじ）で小突かれながら、ようやく克二の全身に、安堵（あんど）のほのあたたかさがしみ渡ってゆきました。すくわれたのです……なにはさて措き、名探偵伴俊作に礼を述べなくては。

「いいってことよ」

克二とアリスにかわるがわるお礼をいわれて、ヒゲオヤジは、かえって照れくさそうでした。

「ま、なんだな。これをきっかけにして、あんたが首尾よくふしぎの国の住人になれりゃあ、雨降って地固まるというもんだ……ねえ、女王陛下」

ヒゲオヤジは、いたずらっぽく裁判長席を見て、

「綿畑克二氏は、あわや無実の罪で首をちょん切られるところだった。無用のスリルを味わわせた償いに、あらためて結婚式を挙げてやろうじゃありませんか……もちろん費用はそっちもちで」

「おお、いかにも」

たすかった、というように女王陛下は大げさな身ぶりで応えました。

「わらわもそれを考えておったところじゃ。ワンダーランドあげての、盛大な祝典をあげてつかわそう。望みによっては、汝をわが王家の養子に迎えてもよいぞ！」

こんな養父母ができてはたまりません。克二はあわてて首をふりました。

「それには及びません。私は、アリスと幸せな家庭を持つだけで十分です」

「カツジ！」

感きわまったように、アリスが克二にしがみつきました。

「幸せよ、私」

もちろん克二も幸せでした。あつい思いが、かれの胸の内側にあふれました。

夢なら醒(さ)めるな！　そう祈りたい気持だったのに……

「カツジ！　カツジ！」

アリスの声が、離れてゆきます。

「しっかりして、カツジ！」

その呼びかけを最後に、かれの意識は途絶えました。

第4章
追われる者の詩

1

「あ……大丈夫です」

刑事ふたりに支えられて、綿畑克二は、われにかえった。大丈夫どころか、はげしい頭痛が、間断なくおそいかかる。呻(うめ)くように、かれはたずねた。

「ぼくはいま、気を失っていたんでしょうか」

「いや、立ちくらみしたようだったが、瞬間的なものさ」

上島刑事が答えた。無愛想な清水刑事の方は、克二が無事とわかると、もう手をひっこめている。

「そうですか……」

信じられない思いで、克二は頭を振った。とたんに、激烈な痛みが、頭の一方へたが、苦痛の合間を縫って、かれはなおも夢のつづきを見ているような気がした。

夢の中に、アリスがいた。小学生のころ、はじめてキャロルを読んで以来、おれの心に棲みついてしまった愛らしい少女。おれは、アリスと結婚しようとしている！伴探偵の推理によって、無実の罪が立証されたいま、おれとアリスのあいだを妨げるものは、なにもない。あの横暴な女王ですら、おれたちの結婚をとりもとうというのだ。

長い夢を、克二は一瞬の立ちくらみのあいだに見ていたらしい。

それも、こんどがはじめてのことではない。

おぼろげな記憶を辿ってみると、ここ数日ですくなくとも三回、かれはふしぎの国を訪問していた。チェシャ猫殺しの疑いをかけられ、あわてふためいていたものの、克二の後ろにはいつもアリスがいてくれた。だが、現実の世界では、克二のそばにだれがいる？

「気分がわるいようなら、アパートまで送りますよ」

上島刑事の親切な申し出であったが、克二はことわった。

「いや、ぼくはちょっと寄り道しますから」

「『蟻巣』ですか」

上島が笑った。

「うらやましいですね。われわれは、これから夜行で帰ります。出張の予算がぎりぎりですから」

「女がわかったら、すぐ連絡してください」

と、清水は念を押すのを忘れなかった。

ふたりと別れて、克二はほっと肩の力をゆるめた。かくしだてしようというのではないが、刑事たちの前で笙子の名を出したくなかった。克二にとって、彼女の存在は現世のアリスだ……それだけに、一刻も早く、笙子にかけた疑いを解きたかった。

そのくせ、公衆電話のボックスへはいると、克二は、長い時間ためらっていた。受話器を外し、十円を入れても、かけようかどうしようか迷いつづけたのだ。

今なら、友竹のいる店はわかっていた。帰り際、克二も知っている新宿西口の「ララ」というスナックへ行くと洩らしていた……だが、克二は、真実を知るのがこわかった。

まさか——まさかと思うが、苦田の女が笙子だなんて。

そんなはずはない。一方的な想像は、彼女を侮辱するものだ。と考えながら、克二は笙子が運転免許証を持っていることを、思い出した。そういえば、彼女は奇妙に明野の事件にこだわっていたっけ。早朝五時、ネグリジェの色っぽい姿で、笙子はおれのへやへ抗議に来た……不自然な時間、不自然な姿。あれはもしかすると、それまで彼女が自室で眠っていたことを、証明したかったからではないか。

(彼女がおれに近づいたのは、捜査がどこまで進んでいるか聞きだすため。つまり、自分と苫田のためだった)

その結論にいきついたとたん、怒りを沸騰させた克二の指は、反射的に「ララ」の番号をダイヤルしていた。

「綿畑さんか……先ほどは、どうも」

克二の耳もとで、友竹が声をはりあげた。

「こっちへ来るんなら待ってるぜ……だけど、自分の勘定は払ってよ」

「ぼくは歌舞伎町(かぶきちょう)の近くまで来てるんだ。そこからタクシー飛ばして、『蟻巣』へ来ないか。知ってるだろう。ゴールデン街の」

「気が進まねえな」

友竹はしぶった。

「なんせあの店は、明野に連れられてよく行ったからね」

「たしかめたいことがあるんだ。好きなだけおごるよ」

「ふうん。気前がいいんだな……じゃあ行くか」

風向きが変った。友竹の意地汚なさは、克二もおおよそ見当をつけていたから、安心してかれは「蟻巣」へむかうことにした。

にゃおうん。

「蟻巣」のドアは、あけっぱなしになっていて、チェシャ公が人待ち顔のヒゲをふるわせていた。夜が更(ふ)ければ、まだクーラーをつけるほどの暑さではない。省エネと省経費のためにあけてあるのだろう。

「いらっしゃい」

カウンターの中から、由布子がだるそうに声をかけた。さっきまでパーティの客としてたっぷり飲んでいただけに、飲ませる商売がしんどくなったとみえる。グランドホテルから流れた客が、なん人か来ていると思ったが、それらしい顔はなく、一番奥で会社帰りらしい男がふたり、おとなしくグラスのへりを舐(な)めていた。

「みんな、新谷さんの行きつけのクラブへ行ったみたいよ」

と、由布子がいった。克二には、その方が都合よかった。

「文英社は儲かってるから、交際費がじゃんじゃん使えるんでしょ。銀座のクラブのあとは、赤坂にある重役さんのマンションで麻雀(マージャン)というのが、お決まりのコースなの」

おんぼろバーのママは、いうことがひがみっぽい。

「重役って、苫田さんのこと？」

「そんな名前だったわ。うちのがこの前とっつかまって、朝帰りしたときに聞いたの」

苫田の家は調布だったはずだ……別荘マンションのほかにビジネスマンションまで持っているのか。それなら、女を口説くのは楽だろうと、克二の考えることだってひがみっぽい。

待つほどもなく、友竹があらわれた。

「やあ、先ほどは」

克二と由布子の双方へ声をかけた友竹は、ホテルで会ったときより、いくらか酔いが醒めている様子だ。そのことをいうと、友竹はにやりとした。

「ロハで飲ませてくれるなら、自分の金で酔うこともないと思ってね。『ララ』じゃ水ばかり飲んでいた」

遠慮なくシーバス・リーガルを注文した友竹は、のどを鳴らして流しこんだ。いやなやつだ……「蟻巣」の棚に置いてある中で、最高のスコッチだぞ。

「きみが見たという、苫田の女だが、心当りがある」

克二は声をひそめて切りだした。うまい工合に、由布子は男ふたりのオーダーしたおつまみをつくるのに忙しそうだ。

「ははあ。それでおれに、鑑定してくれというのかい」

「そうなんだ」

このまま克二は、友竹をアパートへ連れ帰るつもりだった。口実を設けて、笙子を自分のへやへ呼び、そこで友竹に面通しさせるのだ。強引かもしれないが、蛇の生殺しにされる時間は、一分でもみじかい方がいい。

「よしきた。協力するよ……おれをかわいがってくれた明野さんのために」

へっへっと、とってつけたような友竹の笑い声が、だしぬけに消えた。

「この写真は?」

かれは、ジューサーの下にはさんであったカラー写真をとりあげた。らむと香奈が写っている。場所は「蟻巣」の店内らしく、ストロボの光が平板な、素人っぽい撮り方だった。

「ああ、それね」

ふりむいた由布子がいった。

「フィルムが余っていたんで、ふたりを撮ってあげたの。そら、ワタちゃんもいたとき」

「ああ……ぼくが香奈嬢に紹介されたときだね」

「香奈というのか」

友竹はひどく真剣な顔つきだ。視線が、いまにも香奈の顔に穴をあけそうである。

かれは、ふたたび背を向けた由布子の耳に届かぬよう、用心して声を落した。

「苫田といっしょにいた女は、こいつだ」

2

苫田とラブホテルの情事をたのしんだのは、香奈であった。

笙子でないことがわかって、克二はほっとしたものの、べつの意味ではそれが笙子であった以上のショックを受けていた。

桜井香奈——父母の不和の巻きぞえを食って、別居していた編集長の娘。そしていまは、らむのフィアンセ。それが、こともあろうに父のもと上司とセックスをたのしんでいたのだ。

「いったい、いつごろの話だ」

「二年くらい前になるかな」

友竹は、そう答えた。

香奈がらむと知りあってから、まだ一年にならないと聞いた。おそらく苫田との関係は、家庭のごたごたが原因で荒んだ生活を送っていたあいだだろう。

らむに聞かせたくなかった。明野の死を契機に、せっかくやる気を出しはじめていたかれだ。やる気になった理由のひとつは、香奈の出現にもあったはずだ。恋人の過去を耳にして、らむがもとのどぶちゃんにもどったとしたら——だれよりも克二は、死んだ編集長に対して、申しわけないと思った。

そそくさと腰をあげようとすると、由布子が止めた。

「まだ早いわよ。新ちゃんや井垣さんたち、きっとここへ来るわ」

「もう帰るのかい」

友竹も頰をふくらませたが、正直なところ、克二はらむやらむを知る人たちと顔を合せたくなかった。表へ出た克二は、いつにない怖い目つきで、友竹をにらんだ。

「この話は、だれにもするなよ……警察にも、いわないでくれ」

ふだんはうすっぺらな財布だったが、今日にかぎって給料ののこりが、ほとんどねじこんであったから、札をつかみだすと、友竹がてきめんに眼をかがやかせた。

「いわないよ。おれを信用しろ」

信用できる相手ではなかったが、友竹は、香奈を明野の娘とは知らない。これ以上、積極的に関心を持つこともあるまいと、克二は、むりに安心しようとした。

アパートの前でタクシーを降りると、笙子がベランダに干した洗濯物をとりこんでいるところだった。

街灯の明りで、笙子も、克二の帰宅に気がついて、手をふってくれた。

「お帰りなさい」

それで決心がついた克二は、彼女のへやをたずねた。しばらくのあいだでも笙子を疑ったことを、几帳面なかれは、彼女にあやまりたかったのだ。

「私にあやまる？」

克二を迎え入れた笙子は、長い睫毛をぱちぱちさせた。

隣り同士とはいえ、克二が彼女のへやにゆっくり腰を落着けるのは、今夜がはじめてである。おなじ2DKのスペースが、住人によってこうもちがって見えるのかと、かれは内心たまげた。しみの浮き出た壁は、洒落たデザインのカップボードでかくし、キッチンから和室まで淡い芥子色の絨毯が敷かれて、完全なワンルームの住まいになっていた。窓をふさぐストライプのカーテンと、その窓際に置かれたセミダブルらしいベッドのカバーは、共布である。ひとりには余裕のありすぎるベッドのスペースが、克二の胸をくすぐった。やわらかそうなベッドだった。あの上で笙子の体を抱いたら、スプリングが軋んで、ベッドはどんなリズムで揺れるだろう。カップボードに乗っているぬいぐるみのスヌーピーが、そのとき頬をあからめるかもしれない。

スヌーピーの無邪気さと裏腹に、なにやら毒気のあるエロチックな複製画がかかっていた。人とも鳥ともつかぬフォルム、乳房をもつ豚や、ハート型のお尻が乱舞する絵に、見おぼえがあった。

（ゾンネンシュターンだ）

克二は、笙子が目を光らせて、その背徳的な絵をながめている有様を想像して、奇妙な心持になった。

「あら……綿畑さんもいらしてたの。ええ私も、そのパーティ、出かけてたのよ。探せばよかったわ」

笙子が残念そうにいった。ルージュを落した唇から、かえって清潔な色気をあふれさせる彼女だった。

「それで、私にあやまるってなんのこと」

「実は」

克二は、へどもどしながら、笙子にかけた疑いと、それがとんだ見当ちがいであったことを話した。

「苫田さんて、文英社の取締役の？」

呆気（あっけ）にとられたように、しばらくだまっていた笙子は、やがて、体を折って笑いだした。

「じゃああなたは、私が苫田さんの情婦で、殺人事件の共犯で、アリバイ作りにあなたを利用したと考えたのね！」

「まあ、そうです」

憮然として、克二は、笙子が笑いころげる姿をながめていた。女って、こんなときに笑うもんかな……血相変えて怒鳴りつけられるのを覚悟していた克二は、これ以上彼女のへやにとどまる意味のないことに気づき、ていねいに頭を下げてから、自分の塒へ退散した。

（ひどい匂いだ……）

克二は、これまで自分のへやが臭いなんて、考えたことがなかった。子どものころ、蓄膿症だったせいかもしれない。流しをのぞくと、ゆうべかっこんだラーメンの丼が、洗いもせずにほうりだしてある。

克二はいそいで窓をあけ、カーテンの裾を団扇代りに、ばたばたと匂いをあおぎ出した。

「ごめんなさい」

笙子の声を背中で受け止めた克二は、もうすこしでカーテンを、レールにかけたフックからひきちぎるところだった。

「お邪魔かしら」

白い顔が、鍵をかけなかったドアのかげに生えていた。

「い、いや、どうぞ」

あわてるはずみに、万年床につまずいて、大きく前へ泳いだ。

「こりゃどうも、散らかしてまして……ヒクッ」

いまごろになって、酔いが回ってきた。まるめた布団を押入れの前へ片づけて、やっと坐れるスペースを確保した克二は、とっておきの座布団を、彼女のそばへ押しやった。

「おあがりにならない？　スイカよ」

笙子が皿にかけたラップを外す。甘そうなスイカではあったが、克二は、それよりもきっちり揃った笙子の白い膝がしらの方が気になった。

「ありがとう、しかし……」

克二は宙ぶらりんの気持だった。本来なら、このあと出かけるつもりでいたからだ。

「まだ、ご用がおありなの」

「ええ……用というほどじゃありませんが、今からとびだせば、赤坂のマンションでつかまるんじゃないかと……」

「苫田さんを？」

笙子が、先回りした。

「はあ……こうなれば、明野編集長が軽井沢で会おうとしたのは、苫田氏に決まったといえるでしょう」

「お嬢さんを、苫田さんが抱いた。それを知って、責任を問おうとしたの」

「だから編集長は、われわれに相手の名を洩らさなかったんですよ。話せば娘さんの恥になる……」

「軽井沢へ出かけた明野さんは、呼びだした苫田さんと争いになり殺されたとおっしゃるの」

「ことがことです。ふたりが感情的になったのも当然です。苫田氏は桜井香奈を編集長の娘とは知らなかったのでしょうが……」

「でも、克二さんの推理だと、お嬢さんは殺人の現場にいた……すくなくとも、そこへかけつけたことになるわね」

「え？」

「だって、苫田さんが千曲から軽井沢へ移動する足が必要なんでしょう」

そうだ、関係者の足跡がつかめないのは、そこに車があったからだ。そして苫田は車の免許を持っておらず、香奈は持っていた。

「いくら喧嘩別れしていたって、実の父親を殺した男を、自分が車を運転して庇いだてするかしら。もしそうだとしても、お嬢さんにその時間があったかしら」

ない。

その日その時刻、桜井香奈は東京にいた……六本木の「馬梨花」で、彼女はらむを待ちつづけていた。そんな香奈に軽井沢へ行く方法はない。

「そうでした」

がっかりして首を落した克二を、気の毒そうに見た笙子は、

「もっとよく考えて、証拠を集めてからでなきゃ、犯人あつかいしてはいけないわ……冷えてるうちにどうぞ」

スイカをすすめようとして、彼女は台所をふりむいた。

「スプーンはどこかしら」

「あ、ぼくがとってくる」

無精たらしく汚れた台所を、笙子の眼にふれさせたくなかった。あわて気味に立とうとした克二は、又してもつんのめり、

「あ……」

笙子の膝へ手を突いてしまった。いい匂いが、克二の鼻をくすぐった。体を離そうとして、克二は笙子がうすく化粧しているのを発見した。朱色にぬれた唇がかすかにひらいているのを見て、克二は、ふいに声をうわずらせた。

「笙子さん」

のしかかる克二を、笙子は形ばかりに押しのけようとしただけだ。ブラウスのボタンがひとつ、ぷつんと落ちた。

「いけないわ」

彼女は全身で駄々をこねるように、体をずりあげた。

「それより、スイカ……」

「あとで食べる！」

克二にとっては大真面目な問答のつもりである。食べられそこねていじけたスイカが、真赤な顔をして、皿の上で横倒しになった。

3

「ね、克二さん」

笙子は、男臭い布団にくるまって、猫のように甘えた。

「なんだい」

束の間見た、目くるめく夢の余韻を味わっていた克二が、体を回転させた。タバコを咥え、火をつけようとして、ころがったままのスイカが眼にはいった。

「わるかった……せっかく持って来てくれたのに。もう一度冷やしてから食べるよ」

笙子はくすくす笑って、いった。

「あなたって、やさしいのね」

「でも私がいおうとしたのは、スイカのことじゃないわ。苫田さんのマンションに怒鳴りこむの、もうやめたの」

「そうかな」

「ああ」

克二はちょっと元気をなくした。あとひと息で、苫田を追いつめられると思ったのに……おれはなにか大きな見落しをしているのだろうか。

「ねえ」

笙子は、甘えるように克二の胸板をやさしく撫でながら、

「私、学生のころ数学がわりに得意だったのよ。補助線っておぼえてる」

「補助線……ああ、∠ABCが∠BCDの二分の一であることを証明せよなんて問題のときに使ったあれだね」

「そう。私、頭はよくないけど、カンが働くらしいわ。あてずっぽに線を引くと、それまで手のつけられなかった難問が、みるみるうちに解けちゃうの。その気分のよさったら！」

克二は笙子の真意を測りかねた。

「なんだって急にそんな話を持ち出したんだ」

いたずらっぽく笙子は、克二の耳朶に息を吹きかけていった。

「あなたの犯人探しのお手伝い」

「犯人探しに、補助線を引けというの」

「ええ」

「わからないな」

せっかくの彼女の提案だ、とりあげたい気持は山々でも、どうすればいいのか見当がつかない。

「あてずっぽよ……気にしないでね。もし私が線を引くとしたら」

克二の体から離れて仰向けになった笙子の豊かな乳房が、タオルケットからのぞいて見えた。

「明野さんが軽井沢で会った人とはべつに、犯人がいると仮定するわ」

「しかし、根拠は？」

「あてずっぽといってるでしょ」

すねたように笙子は、克二をにらんだ。

「軽井沢の来客が犯人というあなたの考えは、いま袋小路にはいってるもの。もっとほかの推理はできないかなと思っただけ」

「しかし……」

一応もっともではあるが、克二は首をかしげた。

「第三者の介在する時間的余裕があるかなあ」

急行『越前』で小諸駅に降り立った明野を、その第三者——真犯人が車で迎える。車中で殺す。別荘にほうりこむ。そこへ、予定の来訪者が来る……。

「編集長と来客と、両方のスケジュールをがっちりつかんでいればべつだけど」

「小諸へ迎えに出なくてもいいわ。東京から車で送ってゆけば、関越道が前橋まで開通してるでしょ。この高速道路と碓氷バイパスを使えば、快適なドライブができるわ……シーズン前の深夜だもの」

「その仮定は、刑事さんとも話したんだが、それではわざわざ軽井沢まで行った理由がつかない」

「謎の来客に殺人の罪をかぶせるためというのは？」

「あ……なるほど」

思わずなるほどとはいってみたが、犯人も来客も正体不明のままの論断だから、いっそうひどいあてずっぽうだ。

それにしては、笙子のことばは自信に満ちていた。

「私、なん度もあなたに聞かせてもらったわ……編集長さんが死んだ夜のこと」

克二は照れ臭そうにいった。

「ぼくが酔っぱらっただけじゃないか」

「そうね、克二さんは眠り上戸。それもある酒量を越すと、場所をわきまえずに、どこでもすいすい眠ってしまう……そのくせを、あなたの周りの人はみんな知ってるんでしょう」

「そうらしいね。自分ではそんなに酒に弱いつもりはないんだが」

　克二の負け惜しみを無視して、笙子はつづけた。

「お願いよ、克二さん。もういっぺん、あの晩のことを思い出して。深夜に『蟻巣』で目ざめたとき……どんな小さな疑問でもいいから、あれっと思ったことはない？」

　抱きあったあとにそぐわぬ、およそ散文的な話題となったが、なぜか笙子の表情はひたむきであった。その顔を見ては、克二も協力しないわけにゆかない。

「うん……そういわれれば……チェシャ公のやつ、どこへ遊びに行ってたのかな」

「あの猫が、見当らなかったの」

　なぜか笙子の眼がかがやいた。

「ああ……いつもの晩なら、必ず店の端っこで、ときにはど真ん中で、大きな顔をしてるんだが」

「それから？」

「ええっと……天井の明りがいつの間にか変っていたのも、気に入らないんだなあ」

　古典的な電灯の笠(かさ)が、プラスチックの照明器具に改装された話を聞いて、笙子はくりかえしうなずいてみせた。

「まだある？」

「うん」

生返事したとたん、克二はもうひとつのふしぎを思い出すことができた。

「パチンコ玉……」

らむがカウンターにのこしていったパチンコ玉。それが、見るたびに場所を移動していたのだ。故意に動かした者がいるとは思われない。あのとき克二は、果物ナイフを探すつもりで視線をさまよわせていた……だから、果物鉢のかげにあるパチンコ玉に気づいたのだ。よくよく注意して見なければ、だれもそんなところにパチンコ玉がころがっているとは思わないだろう。

「とてもよくわかったわ」

わが意を得たという、笙子の口ぶりである。

「補助線を引いたの、成功だったみたい」

「………？」

克二は、まじまじと笙子の横顔をみつめた。彼女の赤い唇が、そこだけ独立した生きもののように活動をつづける。

「チェシャの行方……照明の改装……移動したパチンコ玉……私の仮定が正しければ、

のこらず説明のつく現象ばかりだもの」

「降参だ、笙子さん」

だらしなく、克二は白旗をかかげた。

「なんのことかまるでわからない」

「その前に……」

と笙子は、念を入れた。

「果物ナイフは、明野さんが持って行ったと、ママがいったのね……だけど、あなたが『ナイフ』と切りだしたとき、井垣早苗という女性編集者はひどくおびえた」

「そうだ……新谷編集長もそうだった」

かれのかすれ声を思い出しながら、克二は答えた。

「そのあいだ、ママの旦那さんはスロットマシンにむかっていた……あのお店にあったスロット、かなりガタピシしてたわね」

「ああ。レバーを押すたび、家鳴り震動するくらいだ」

「那珂先生は、テレビを見ていたんでしょう」

「見ていたどころか、ぼくに、これが『オズの魔法使い』だといって、教えてくれた」

「私がお店に行ったときと、おなじテレビ？」

「そうだよ。カラーじゃあるけど、リモコンも音声多重も、もちろんビデオもついて
ない。見たとおりの安物さ」
「イヤホーンも?」
「あったけれど、なくしちまったそうだ」
「それなのに、有線で音楽を流していた……『オズの魔法使い』はミュージカルよ。
テーマソングの『虹の彼方に』は、私でも知ってるくらい大ヒットしたわ。ミュージ
カルを、音ぬきで見るなんて、こんな間のぬけた話がある?」
まるで探偵か刑事に憑依(ひょうい)されたような笙子……つい十数分前には、ぬれた唇から舌
を吐き出し、克二の体の下で切なく喘(あえ)いでいた彼女が、どうして急速な変身をとげた
のだろう。強い口調でまくしたてる笙子を、克二はまじまじと見つめていた。
(おれが抱いたのは、ほんとうに彼女だったのか?)
なにが笙子をこれほどまで犯人探しに熱中させるのか、お株を奪われた形となって
克二は茫然とするほかなかった。うぬぼれまじりに想像するなら、体を与えた恋人に
代って推理ごっこに身をいれている——いわば、
(彼女がおれを愛してるからさ)
そうだ、彼女はおれを愛してくれた。アリスは、無罪と決まったおれの首にかじり
ついて……。

「克二さん」

「え」

彼女は、アリスではなかった。幼な顔の少女ではなく、一人前のＯＬだった。夢だけでは食ってゆけないことを、痛切に、体でもって知りつくしたおとなであった。

「聞いててね……つまりあなたは、あなたの眠り上戸を知ってるみんなに利用されたんだわ」

「え……ど、どういうこと」

世にものみこみのわるい恋人に、あわれむような微笑を洩らして、笙子はいった。

「あの人たちは、あなたを使って殺人犯のアリバイ工作をしたのよ」

「あの人たちって、だれとだれなんだ。名をいってくれ」

「じゃあ、いうわ。『少年ウイークリー』の新谷編集長さん。井垣早苗さん。マンガ家の那珂一兵さん。『蟻巣』のママの近江由布子さん。そのご主人の中込さん……」

克二の眼がまんまるく、いまにも飛び出しそうに見ひらかれた。

「ば、ばかげてる」

「ちっとも」

笙子は首をふった。

「みんなが気を揃えたから、犯人を庇（かば）って、あなたをだますことが出来たのよ」

「そんな無茶な」

いいかけて、克二はふと思い出した。あの場に、らむだけは姿を見せなかったぞ……だが、由布子の呼びかけに応ずる声は聞こえた……しかも、「メロメロドラマ」のネームは完成していた。おれをアパートへ送り届けたのもかれだ。らむに、軽井沢を往復できたはずがない。むろん香奈のアリバイも完全だ。とすると笙子は、だれを犯人に擬しているのだろう。

「店にいた全員が、おれをダシにして犯人を庇いだてするなんて……どんな理由があって、みんな殺人の片棒をかついだんだ！」

叫んだのがきっかけのように、克二は瞬間的に理解した。みんながみんな、この男の頼みなら聞くだろう……と。

男の名は、明野重治郎。

4

にゃおお……ん。

「蟻巣」のドアを押すと、恒例によってチェシャ公が、歓迎の辞を述べた。

「いらっしゃい。やっぱり、Uターンしてきたのね」

由布子が、華やいだ声をあげる。

「いよう」

カウンターには、なじみの顔が並んでいた。

那珂、新谷、中込、井垣。克二が心配していたふたりは、いない。

「獏谷先生と婚約者は、どうしました」

「帰ったよ。といっても、これから香奈嬢の車で、赤坂のディスコへぶっ飛ばすそうだがね」

と、新谷が答える。

「ここへお坐んなさいよ。へんねワタちゃん……おっかない顔して」

早苗がとなりのカウンター椅子(いす)をたたいた。

その椅子に腰をおろして、克二は、天井を見上げた。

「電灯が、この明りに変ったのは、いつでしたか」

水割りをつくっていた由布子の手が、ぴたりと止まった。客の四人が、いっせいに克二を見——まるでスイッチオンされたような自分たちの動作に気づくと、狼狽(ろうばい)気味にてんでんばらばらの方向へ、視線を外した。

「いつって……ちょうどあれは、明野さんが亡くなる日だったわ」

「するとその日は、夕方の開店から」

「ええ、これだったわよ。ほんとはシャンデリアさげたかったけど、うちには似合わないでしょ」

「うそだ」

「うそ？」

由布子がこわばった笑みをつくった。

「おかしなことというのねえ。なぜ私が、そんなこと、うそつく必要があって」

「なんの話か知らないけど、たしかにあの晩からよ……電灯の笠がなくなったのは」

早苗が話に割りこんだ。

「残念だったね。『蟻巣』らしいアクセサリーだったが」

那珂がゆっくりと、いった。

「なにをトチくるったのか、ママと来たらこんな安っぽいプラスチックのカバーを買ってさ。経営者の美意識を疑うよ」

と新谷が笑えば、

「美意識より金の問題なんでね」

中込が応じ、四人そろってあはあはと、おかしくもなさそうに笑った。

「みんな、うそをついている」

克二は、悲しそうにいった。

「あの晩ぼくは、店へはいってすぐ、時計を見ました。ドアを背にした位置からは、壁の時計が見えない……電灯の笠がひっかかるからです。だからぼくは、椅子にかけたあとで時計を見、自分の腕時計の針とくらべました。一連の動きは、殊更意識したものでもなんでもない。いつもここにはいると、癖のようにやるしぐさです。その晩も、毛ほどの違和感もなく、おなじ動作をくりかえしました。そう、天井の照明に異常はなかった……つまり、そこにはまだガラスの笠と電灯がさがっていたんだ！」

早苗は子どもをあやす口ぶりでいった。

「いったいなににこだわってるの。お飲みなさいな、水割りがあくびしてるわ」

「それにもかかわらず」

克二は、早苗に一顧も与えなかった。憑かれたように、明りの話をくりかえした。

「一旦眠りこけたぼくが、眼を醒ましたとき、天井灯はプラスチックに変っていた」

「ほらごらんなさい……」

なにかいおうとした早苗が、口をつぐんだ。

克二の眼は「蟻巣」の中のだれをも見ていなかった。強いていえば、ドアに近い椅子の上で丸くなったチェシャを見ていたようだ……が、ひょっとしたらかれは、そこにいるはずのないなに者かに、自分の推理をぶつけていたのかもしれない。

「ぼくが眼を醒ましていたのは、ごくみじかい時間でした。そのあいだにも、おかしなことが、いろいろとあった。パチンコの玉……」

「パチンコだって」

新谷が頓狂(とんきょう)な声をあげたが、だれも笑おうとしない。

「はじめカウンターの右端にあった……それがいつの間にか左にうつっていた。まるで、地震にでもあったように。地震といえば、有線の大ボリュームと、スロットマシンの音で、店じゅうガタピシしてましたね。いつものことだといえばそれまでですが、那珂先生がテレビを見ている最中だけに、不自然に過ぎました。わかりますよ、テレビをかけていた理由は……ビデオがつながれていない以上、あれはたしかに放送中の映画だった。十一時ごろ、みんながみんな『蟻巣』にいた……らむも、呼ばれればちゃんと返事した……その時間を、ぼくに確認させたかったからだ」

今や、だれひとり克二のおしゃべりに口をはさむ者はない。カウンターの上では、水割りの氷が、客に無視されたままむなしく融けてゆく。

「時計では証明にならない……細工が可能ですからね。不自然を覚悟してまで、なぜ時間をおぼえさせようとしたのか。いうまでもなく、ぼくをアリバイの証人にするためです」

「アリバイ」

男か女か、かすかな反応。

「編集長殺害の、ね。

編集長の死体が発見されたのは軽井沢だ。ゴールデン街で飲んだくれていた者に、
関係のあるはずがない。そう思わせたかったんだ。

事実は、あなたたちは、酔いつぶれたぼくと、おそらくすでに刺殺されていたであろう編集長を伴って、東京から軽井沢へ移動しつつあった。どぶちゃんのキャンピングカーに乗って……。

ちがいますか」

返答のないのが、返答であった。

「どぶちゃんことらむは、キャンピングカーの内装に趣向を凝らしたといってました。その趣向が『蟻巣』そっくりに飾りつけることだったとしたら？

すると、天井灯の件はすぐわかります。揺れる車内で電灯の笠は、いかにも危なっかしい。だかららむは、これだけはモデルとちがう照明器具をとりつけた。

パチンコの玉の移動は、車の加減速が生んだ慣性の効果です。それを気取られないためのスロットマシンであり、有線と称してテレコに録った大音量の音楽だった。

これは聞いたばかりの知識の受け売りなんですが、流しには四〇から六〇リットル級の給水タンクをつけて、ポンプアップさせ、バッテリーを電源に冷蔵庫を設け、プロパンのガスレンジまで備えた、ハンドメイドのキャンピングカーが、どんどん走り

回っているそうですね。マンガで稼いだ金を使って、もう一軒の『蟻巣』を再現したとすれば、……そして、ぼくを泥酔している間に移し替えたとすれば、……寝呆け眼のぼくに、見分けのつくはずがありませんでした。

おそらく、編集長を刺したのはらむだったのでしょう」

依然として答える者はなく、チェシャだけが、さもうるさげに、耳の後ろをぼりぼりとかいていた。

「だがふしぎだ……みなさんのこらず共犯だなんて。殺人犯を庇いだてすればりっぱな犯罪です。あなたたちのように、社会的な地位も名声もある人たちが、なぜ……そこまで考えて、ぼくはみなさんの共通項として、明野編集長の存在に思い当りました。

新谷さんから見れば、よき先輩、マンガ編集者の大先達。

井垣さんにとっては先輩である以上に恋の対象であった。

那珂先生に関しては、編集長は劇画再デビューの恩人。

中込さんは、編集長と大学からの友人だった。その上難攻不落だった那珂先生の『めっちゃん』テレビ化というおみやげつきなら、協力する気になったでしょう。

結論は、こうです。みなさんは、死にゆく編集長の最後の頼みを、聞き届けてやろうとした……」

「よくわかったね」

那珂がゆったりと、うなずいてみせた。

「われわれは、あなたをみくびっていたようだ」

「だましたのは、わるいと思ってるわ」

早苗がひくい声でいった。

「あのとき、どぶちゃんがキャンピングカーを取りに行こうとしたわね。そこへ——ええ、あなたを中二階へ担ぎこんでから、果物ナイフをポケットにいれたままだったのを思い出した編集長が、ひきかえしていらしたの。

かっとなった編集長は、あなたにしたのとおなじように、ナイフをどぶちゃんの鼻先でひらめかせて怒った……気の小さいどぶちゃんは、思わず逃げようとして、もみあいになり、そして」

「ナイフは、編集長の背に突き刺さった」

那珂が受けた。

「だが編集長は、しばらくのあいだ壁を背にして坐っていた……」

「なんですって」

「らむに刺されたことを、明野さんは、文字どおり死にもの狂いでかくそうとしたんだよ。あの人は、おそろしい努力をはらって、平静な態度をとりつづけ……らむをさとした。さすがのかれも、惑乱して、おとなしく編集長のいうことを聞いていたね。それはそうだろう……刺したと思ってふるえあがっていたのに、刺された相手が自分をお説教するのだからね」

「でも、その努力も長くはつづかなかったわ。中込さんだって、医学部出身ですもの。紙のように顔を白くさせた編集長を、むりやり壁から剥がして、こんどは私たちが青くなる番だったわ。想像以上の重い傷だったもの」

「救急車を呼ぼうとしたママを、編集長が苦しい息の下から制止したんだ。なぜかというとね」

新谷の声が乱れた。

「なぜかというと……いま獏谷らむを犯罪者にしたら、困るのは『コミカ』だ……編集長の私は、『コミカ』のためにらむを救うのだと」

「キャンピングカーでアリバイをつくることを提案したのも、編集長だったわ」

「想像していました」

克二がいった。

「内装の趣向を、らむから聞かされていたのは編集長だけでしたから」

「近くの駐車場へ着け、瀕死の編集長と、中二階からおろしたきみを、キャンピングカーまで運ぶ……冷汗ものだったが、ゴールデン街で酔いどれを仲間が運ぶ姿は、ありふれているからね。ひとりとして不審の眼で見るやつはなかった」

と、新谷がしめくくった。

「だが、編集長は、なぜ死に頓着しなかったんですか。病院へ直行すれば、助かったかもしれないのに」

その克二の問いには、那珂が代って返答した。

「明野さんは、もともと医者志望だ。ナイフの刃先は左肺をつらぬいて、体内に大出血を起こしていることに気づいていた」

「だから、どうして病院へ……」

「だから、新谷さんがいったじゃないの！」

一旦激した早苗は、すぐ、ひくく耐えるような声音になった。

「編集長は『コミカ』の支柱であるらむを失うくらいなら、自分が死んだ方がましだったのよ……マンガばか、編集ばか、物の軽重がわからないにもほどがあるわ……そうでしょ？　そうやって、編集長ひとりシラノの最期気取りでかっこつけてるあいだに……怪我はどうにもならなくなったんだわ」

「私の見るかぎり、明野さんは気力だけで生きていた」

中込が沈痛にいった。

「肉体はとっくに死んでいたといっていい……ナイフを抜かなかったから、あそこまでもったんですな……かれは、断乎として手当を受けることを拒否したが、かりに名医があの場に居合せても、手のほどこしようがなかったでしょう」

「それでも私は……医者に診せてあげたかった」

早苗の声に嗚咽がまじった。

「私は思うんだが、明野さんはねえ……ずっと以前から、死ぬ機会を待っていたのかもしれないよ」

自分にいい聞かせるような那珂のことばだった。

「奥さんも娘さんも、ついに知らずにおわったが、かれは家庭を破壊したことに、はげしい自責の念を燃やしていた……昭和ひと桁の仕事中毒は、死なにゃ治らんと、よくこの店で笑った。笑ったというより、泣いた」

あの、編集長が？　反問しようとして、克二にはできなかった。淡々とした那珂のことばの裏に、あふれんばかりの悲しみがあった。かれの節くれだった手が、いまにもつかみつぶしそうなほど力をこめて、グラスをにぎっていた。

「私は信じている。死とひきかえに、明野さんがらむを庇ったのは、かれのいう『コミカ』のためだけではなかった……と。らむくんが、生涯の伴侶として自分の娘を選ぼうとしている、娘のためにも、かれを殺人犯にしてはならない……自殺を装うには、傷の場所が不自然すぎた……他殺として、迷宮入りにさせねばならない。明野さんはそう判断して、われわれに協力を依頼したのだよ。……だれひとり、拒絶する勇気を持つ者はなかった」

早苗がぽつりとつけくわえた。

「いまにも私、綿畑さんに話すとこだったわ。黙っているって、苦しいのよね」

それで克二は理解した。パーティの日、早苗の話の腰を折って、那珂が芳賀紹介の労をとってほしいと申し出た真意を。那珂が割りこまなかったら、早苗は、明野が娘を思う気持にことよせて、真実を告白していたにちがいない。

「車をどぶちゃんが運転する、その脇で私は編集長をかかえてた……有線に似せて流している音楽が筒抜けに聞こえたわ……編集長が好きだった、『津軽海峡冬景色』がかかったとき、うれしそうな顔をした……曲がおわったころから、急にいけなくなったみたい……『胸腔が出血でふさがってる』そんなこともいったわね……背にあてがったタオルやシーツが、車のゆれるたび血に染まってゆくの……どうせ死ぬんなら、ベッドの上で死なせてあげたかった！　でも編集長、私のそんな気配がわかったのかしら……ただだまって、首をふってみせたわ……どぶちゃんのハンドルをつかんだ手の甲が、雨にあたったみたいに光って見えるの……ひっきりなしに、甲で涙をぬぐっていたのね……私は、病院の赤い灯が見えたら、編集長がなんといおうと、車をつけてもらおうと思っていた……でも病院をみつけるより先に……編集長は……息をひきとったわ……。

最後にいったことばは、『香奈、すまん』……」

沈黙のみがあった。

その静寂の薄膜を、振子時計のコチコチという音が破ろうとして破りきれず、沈黙は果てしなくつづくように思われた。

「客席へうつった彼女は私と協力して、らむくんに代ってネームをとった……担当編集者の彼女は、これまでにもいく度か、らむの代作をしていたのだよ。それもまた、ベテラン編集者の仕事のうちでね」

那珂がつけくわえた。克二が目ざめたとき、らむは二階にいたのではない。死体と化した明野を横に、必死に運転席でハンドルをつかみ——おやすみの挨拶を送ったのである。

ややあって、遠慮がちに、中込がつぶやいた。

「どうして明野さん、軽井沢へ自分を運べと、しつこくいったのかな……アリバイ作りなら、行先はどこだってかまわないのに」

「いったいだれに、会う約束があったのかしらね」

その答えなら、克二が持っていた。

娘を抱いて、恬としている苫田を面罵するために——あるいはしたたかな明野のことだから、絶対に『コミカ』発行の妨害をしない約束をさせるために、編集長は、軽井沢へ向かうつもりだったのだ。たとえ死体となって苫田を迎えても、十分にその効果は期待できた。（編集長は、死んだあとまで仕事の鬼であろうとしたのか）執念に慄然とした克二が、苫田の名を、共犯者のみんなに告げようとしたとき、電話のベルが鳴った。

「もしもし、『蟻巣』でございます」

打って変って、愛想たっぷりな由布子の声に、いっそう艶がくわわった。

「まあ！　先ほどは大勢でおさわがせして……うちのひとまで呼んでくださって、有難うございました。え、綿畑さん……はい、いらっしゃいます」

受話器を押さえた由布子が、克二を見た。

「赤坂のマンションから。苫田さんが、至急お目にかかりたいんですって。よくここにいることが、わかったわねえ！」

5

なぜ、苫田に自分の居所がわかったのか。その疑問以上に、克二の心をおののかせたのは、なぜ苫田が自分を呼んだのかということだった。時計はすでに午前二時を指している。新谷や克二のような最前線の編集者にとっては宵のくちといえたが、苫田の年輩ではとうに床にはいっている時間だ。その苫田が、他社の編集者である克二をあわただしく呼び寄せるというのは、よくよくの事情があったにちがいない。

苫田のマンションは、赤坂一ツ木通りからほんの少し脇にそれた、絶好のロケーションに建っていた。外装はくすんだ色調の窯変(ようへん)タイル貼(ば)り、オートドアの頭上には監視用のテレビカメラがとりつけられて、立地にふさわしい超高級の面構えで、訪問客を睥睨(へいげい)している。

克二はドアの前に立ったが、ドアは無愛想きわまりなく、頑として開こうとしない。サングラスのように濃い色調のガラスごしに内部を窺(うかが)うと、管理人らしい中年の男が、ロビーの掲示板になにか貼りつけている。

「あのう」

声をかけたが、完全防音とは不便なものだ。外の客にはまったく気づかない様子で、行ってしまった。

「どうすりゃはいれるんだ」

ひとを呼びつけておいて！

腹にすえかねてあたりを見回すと、壁の一面にずらりと並んだインターフォンの子機が眼にはいった。（そうか……近ごろの高級マンションは、居室から玄関のドアを遠隔制御しているそうだ）いそいで五一二号のプレートがついた子機のボタンを押すと、間髪をいれず、苫田のバリトンがはねかえってきた。

「さあどうぞ」

居室でロックを解除したとみえ、手のひらを返すようにドアが愛嬌たっぷりに開いて、克二を迎え入れた。

ロビーの床は、羽毛を敷き詰めたようにやわらかな絨毯だ。なんとなくむしゃくしゃしながら掲示をのぞくと、「浄化装置の都合でプール開きは延期いたします。水がぬいてありますのでご注意ください」とあった。ホテルなみに、プールまであるのかこのマンションは……克二は、仏頂面でエレベーターに乗った。ケージの内装も、そんじょそこらで見かけるぺらぺらのプラスチック板ではない。漆(うるし)をかけたように厚みのあるダークブラウンが、新米の深海魚みたいにたよりない克二の顔を映しだしていた。

五一二号はエレベーターホールのすぐそばにあった。ノックしようとすると、機先を制してドアがひらいた。

「やあ。おれもいま来たとこ」

タバコのヤニが浮いた歯を見せたのは、友竹だった。

「きみ……」

ぽかんとした克二に追い討ちをかけたのは、

「ここへ来たまえ、綿畑くん」

という声だった。リビングルームとの境のドアがあけっぱなしだ。聞きおぼえのある声にひきずられて、一歩リビングルームへはいった克二は、立ちすくんだ。革張りのハイバックチェアに体をあずけ、オットマンに片足をのせた姿勢で、芳賀がいた。

「社長」

「こんな時間に、すまなかったね」

芳賀がいい、眼で克二に、ソファへ坐るよう命じた。

「ここでお会いできるとは、思いませんでした」

「私もね」

芳賀の口辺に、かすかな笑みがただよった。

「きみにきてもらう用件が、出来（しゅったい）しようとは思わなんだ」

「率直にいいましょう」

いつの間にか、ななめむかいのアームチェアに、苫田が腰をおろしていた。派手なタータンチェックのガウンを羽織って、ひどく寛いだ姿だった。手に、カクテルグラスを捧げている。琥珀色のマンハッタンがゆれていた。

「あなたは友竹くんから、私と桜井香奈嬢のスキャンダルを聞いた。それは、間違いだったのです」

「間違い？」

「おれ、どうかしてたんだ」

にやにや笑いながら、友竹が話に割りこんできた。

「あんなでたらめな話をしちまってさ……みんな、うそ」

「なんだって！」

「仕事がもらえないんで、いじけてたんだよなあ。ラブホテルでのぞいたのはほんとだけど、そこで苫田さんに会ったのも、そのときの女がらむの今の恋人だってのも、口から出まかせ」

「………」

「おれ、苫田さんにとっちめられて、あやまった。そしたら、参ったなあ。『少年ウイークリー』で使ってくれるんだって！」

「………」

克二は、だまったままだった、『少年ウイークリー』だと？　新谷は友竹起用を知っていただろうか。おそらく、知るまい。業務命令として、明日苫田から新谷編集長に指示が届く。拒否は許されない……友竹の新作は『ウイークリー』誌上で、「堂々巨弾連載」を開始する。

「だからさ。あんたもあのことは忘れちまえよ」

忘れろとはよくいった。語るに落ちるというやつだ。友竹は、苫田に買収されたのだ。連載を餌にもらって、尻尾を振って文英社の実力者に従った……警察に対し、克二に対し、口を封じられた。それになんの痛痒も感じることなく、へらへらしている友竹が、おそろしく遠い存在に見えてきた。

だが、芳賀はなぜここに来ているのだろう。その疑問に答えるように、芳賀が口をひらいた。

「綿畑くんには、あたらしくスタートする、世界のメルヘンシリーズの編集長をつとめてもらう」

世界のメルヘン……そんな企画のあることは知っていた。だが、おれが編集長だって？

「編集責任はわが幻想館でおこなうが、宣伝と発売を文英社がひきうけてくださることになった」

幻想館と文英社のドッキング！

「いうまでもありませんが、内容はすべてそちらにおまかせして、当社は一切口を出しません」

苫田が微笑した。

「文芸とコミック出版には自信がありますが、一般児童図書それも高踏的なファンタジーの分野では、とうてい幻想館さんの足もとにも寄れませんからね」

「特に綿畑くんは、その方面の開拓に熱心でしてね。夢に『ふしぎの国のアリス』を見るほどです」

「これは、最適の人材ですな」

芳賀と苫田が、笑った。

こいつらは、いったいだれのことをいってるんだろう……克二は、急速に全身の筋肉が弛緩するのをおぼえた。ぼんやり見回すと、リビングルームの壁が波打っていた。どこなんだ、ここは！　だしぬけに、名状しがたい恐怖が、克二の心臓を鷲摑みにした。

かれは、悲鳴をあげて、異形の五一二号室から飛びだそうとしたが、その実、ソファのクッションに爪を立てて、ぶきみなふたりの男――芳賀と苫田から、眼を離すことができないでいた。汗が、背筋を流れ落ちる感触で、かれは辛うじて自分をとりもどした。

「わかった……社長。あなたも、そこに居合せたんですね……軽井沢で、死んでいる編集長を発見したその場に！」

「なにをいいだすんだ」

芳賀は、痩躯を小ゆるぎもさせなかった。

「けっこうです。順序だてていいましょう。編集長は、お嬢さんのことで苫田さんに会おうとした。脛に傷もつ苫田さんは、編集長の上司である芳賀社長に同席してもらい、攻撃の鉾先をにぶらせようとした……その条件が、幻想館の新シリーズを強力な文英社の販売網でバックアップすることだった。そんな条件を呑まねばならないほど、幻想館は苦境に立っていたんですか。ぼくには信じられない。だが、おふたりが約束の時間に編集長の別荘へあらわれたとき、談判の相手はすでに死んでいた……安心してください」

克二は手をあげて、苫田を制止した。

「ぼくは、おふたりが編集長をどうこうしたなんて、考えてやしません。犯人はべつにいます」

苫田は意外なような、安堵したような表情を作った。

「かかわりをおそれ、ひいては自分のスキャンダルが暴露されるのをおそれて、あなたは芳賀社長とともにその場を退散した。友竹の口から桜井香奈……編集長のお嬢さんの名が洩れれば、警察は容易に、編集長の会見相手があなたであったことを推断するでしょう。そこであなたは先手をうち、友竹と、かれから香奈さんの名を聞いたぼくを買収することにした」

克二は、体をねじって友竹に向き直った。

「あんたは、はずかしくないのか。野良犬なみに、ちらつかされた餌にとびついて」

一隅に設けられたホーム・バーで水割りをつくっていた友竹は、背中で答えた。

「どのみち忘れるのが一番だ……らむと結婚する娘さんだぜ。よけいなことをほじくれば、困るのは彼女だもんな」

「それがあんたの良心を麻痺(まひ)させる口実なんだね。だが、ぼくは反対だ。香奈さんにとって、苫田氏は通りすがりの男というわけにはいかない。大コミック誌を擁する文英社のリーダーなんだ。万一らむの耳にはいってみろ、どんな悲劇になると思う。うやむやは許されないぞ」

声高になった克二は、のどの奥からせりだした苦いものに口腔(こうこう)をふさがれた。そういうらむは、なんだ。香奈の父を殺した犯人じゃないか！　しかも当の父明野重治郎は、娘を悲しませないため、多くの人に協力を要請した……。

「うやむやは許されない、か」

苫田がひややかにいった。

「青年らしい正義感だね。惜しむらくは古風に過ぎる。世の中がスムーズに回転してゆくのに、うやむやとか玉虫色とかは、必須の潤滑油なんだ」

そのことばを聞き流して、克二は、友竹に叫んだ。

「考え直してくれ。『ウイークリー』でなくても、仕事の舞台ならある。『コミカ』はどうだ。あんたが希望するなら、『コミカ』の編集会議に、あんたの企画を出すよ」

「それはむりだ」

芳賀がきっぱりといった。

「『コミカ』の発刊は中止した」

「えっ」

雷に打たれたように、克二はよろめいた……驚愕のあまり、痴呆状態となった克二に、苫田はほろ苦い笑いを浴びせた。

「きみにくらべると、明野くんは、さすがにおとなだ。かれが娘の名をあげて、私に会うのを強要したのは、なにがなんでも『コミカ』を創刊したかったためだ……鬼だよ、かれは、編集の鬼だ。娘をダシにして、自分の雑誌を世に出そうとはね」

「正直なところ、幻想館がコミック誌を持とうとしたのは、勇み足だった」

冷静な口調で、芳賀が語りはじめた。

「スタッフの点でも、営業の点でも……スタッフについていうなら、現に綿畑くん、きみのようなアンチコミックの人にまで、むりやり参加してもらっている」

それはちがうとは、克二もいまさらいえなかった。

「営業では、誌面に予定した広告がまず埋まらなかった。おなじ子ども向けといっても、これまで幻想館が手がけてきた分野とまるでちがった、大衆向けの商品を開発している会社が対象になる。大量に消費される紙、インクの手当て、さらに販売……どれもこれも、あまりに心許なかった。ついに私は撤退を決心した。だがそのときはもう、明野くんは大車輪の編集活動をはじめていた。そんな話を聞かせたら、血の気の多いかれだ、かっとして幻想館本来の業務を妨害しかねまい。なんといってもかれは、編集のベテランだ。児童書の常連イラストレーターにも信奉者がいるし、教育界にも顔がきいた。どう切りだしていいものか思案しているところへ、苫田さんから連絡を受けた。『コミカ』発刊による『ウイークリー』のシェア低下をおそれておられたんだね。絶好のタイミングというべきだったよ。幻想館はコミック誌からおり、見返りとして新企画に文英社の全面的協力を得ることにした」

先ほどきみは、幻想館がそんな苦境にあったのかとわめいたが、社を苦境に立たせてからあわてるのでは、経営者の資格がない。危機を未然に察知してこそ、経営のプロなのだ。

だが明野くんは、あくまで編集者だ。かれには、コミック誌を発刊してくれない出版社なぞ三文の値打ちもなかったろう。どのルートからか、かれは苫田氏と私の取引を嗅ぎつけた……そして、切り札を出したのだ。娘さんが苫田氏と遊んだことを承知の上で、かれはいつかそれを有効に使う機会をうかがっていたとみえる。父親としてではなく、ジャーナリストとしてのしたたかな計算を働かせてね。明野くんは、苫田氏をおどして、取引を白紙にかえさせようとこころみた。だが苫田氏はそんな脅迫で私との協定を破るような人物ではなかった。実情を打ち明けられた私は、苫田氏ともに明野くんの別荘へおもむくことを承諾したのだよ」

しかし、当の明野編集長は、死体と化してふたりを待っていた。かれはふたりになにを告げるつもりで、軽井沢へ行ったのだろう……『コミカ』を、生まれる前に殺そうとする芳賀に、無言の抗議をするために。あるいは、娘を抱いた苫田を殺人容疑の圏内にひきずりこんで、声なき快哉を叫ぶために。

芳賀と苫田を射程距離において、克二の眼は暴発寸前の銃口のように、いまにも炎を吐きそうだった。恐ろしく危険な兆候に、克二はまだ気がついていなかった。

「私たちが事実を隠蔽しようとしたことに他意はなく、幻想館と文英社それぞれの企業のためであったと理解してくれますね」

苫田が念を押した。

「幸いあなたは、われわれが犯人でないと確信しておいでだ。そのとおり、天地神明に誓って、殺人なぞという凶暴な行為に関与するものか。これでも妻子ある身の、健全な社会人です」

そんなことはどうでもいい、と克二は思った。『コミカ』が死んだ……編集長やおれが、狂ったように眼をぎらつかせて、マンガ家を督促し激励したのは、『コミカ』のためだった。その『コミカ』を抹殺するなんて。そうだ、あんたたちは人を殺さなかったかもしれないが、『コミカ』を殺したんだ。

「へえ、こいつはすげえ」

おそろしく脳天気な声が、窓の外から聞こえた。

「このマンションにはプールもあるんですね」

水割りを手に、友竹がバルコニーから下を眺めている。

「けっこう大きいや」

「利用者は多くないがね。オフィスに使ってるオーナーばかりで、夜はほとんど無人になるマンションなんだ」

ゆったりした足どりで、苫田もバルコニーへ歩み出る。公団サイズのバルコニーではない。たっぷりと取ったスペース、両どなりから独立してプライバシーを守る構造、幾何学模様のクリンカータイルを貼りめぐらせた床。

「水はもういってるのかな。暗くてよく見えない」

「そのはずだよ。明日のプール開きをひかえて、注水をはじめていたから」

「そういや、きらきら光ってます」

水がプールの底に少しばかりのこっているのに気がつかず、友竹はお世辞まじりで子どもっぽく歓声をあげた。

「ここから飛びこめば、ちょいとしたダイビングができますぜ」

わざとらしくはしゃぐ声を、克二は、別世界のもののように聞いていた。その声のリズムに乗って、かれをとりまく空間が大きくねじれはじめたのだ。

空間と空間がまじりあい、分離し、嵌入(かんにゅう)し、剝落(はくらく)した。世界のすべてが色彩を失った。克二はぼんやりとバルコニーを見た。苫田が手にしたカクテルグラスには、うす汚ない灰色の液体が淀(よど)んでいた。

「おめでとう、綿畑くん」

芳賀の声が、意味もなく克二の耳をかすめた。モノクロームの視野に、笑う芳賀社長の歯がちかりと光った。

「これでようやく、きみはきみの志望する部署につくわけだ。コミック誌中止を決意して、私もほっとしているのだよ。児童文化の旗手を標榜(ひょうぼう)していた幻想館が、いくら儲かるからとはいえ、マンガで手を汚すのに内心忸怩たるものがあってね」

それが社長、あなたの本音だ。編集長を雇っておきながら、実はかれとあなたは、対極的な位置にいたんだ……と難詰する気力さえ、いまの克二にはのこされていない。かれはポストのように無言で立っていた。

「いい風だ」

苫田が、グラスを左に持ちかえて、芳賀をさし招いた。

「こちらへおいでになりませんか。エアコンの風とは、ひと味ちがいますよ」

人工調節された冷暖房には、あきあきしたといいたげな、いやみなことばだ。エアコンがいらないのなら、そんなもののない家に住めばいいのだ。

「綿畑くんもおいで。前途を祝して乾盃しよう」

芳賀が手招きし、それを克二は、はじめての人を見る眼で見かえした。あんた、誰でしたっけ。問いかけようとすると、頭が痛んだ。もうずっと前から、脈うつような偏頭痛が、克二をとらえてはなさないのだ。ずきん……ずきん、頭蓋のどこかが反吐を吐いている。

「乾盃だとさ、ほれ」

眼の前ににゅっと突き出た友竹のグラスに、色あせた克二の顔が、滑稽に誇張されて映っていた。そういえばこの顔は、エレベーターケージのほの暗い海を泳いでいたぞ。お前はだれだ。ずきん……ずきん……お前はだれだ。

おれは、おれだ。

(そうだ、おれなんだ!)

悲鳴にも似たむなしいあがき、その声も、ずきん……ずきんと割れかえる、頭蓋のリズムに吸われてゆく。

一縷の望みをつないで、克二はもがいた。

いま! いまにしておれがおれである所以を証明しなかったら、おれはもはやおれでなくなる。

おれは……。

おれは……。

「なにをしているのかね、綿畑くん。さ、こっちへ来なさい」

墨色の夜を背に、芳賀の金歯がまた光った。

それがきっかけであった。やにわに克二は、友竹をバルコニーへ突き飛ばし、自分もそのあとにつづいた。優に六畳ほどの広さのあるバルコニーだったが、四人のおとながひしめくとさすがにせまい。

「わ……綿畑くん!」

陶器のように冷静だった苫田の声が、急激にうわずった。克二は、手に庖丁をつかんでいた。ホームバーのシンクにほうり出されてあったものだ。華奢（きゃしゃ）な刃物ではあっても、およそ非暴力的な人間どもの肝をひやすに十分のするどさを持っていた。

「きみ！　なにをするつもりだ。庖丁を捨てろ」

社長の権限をふりかざして、芳賀が叱りつけた。それに対する克二の答えは、霜のようにかれの面をおおう、笑いだった。

「ワタやん！　おいっ、しっかりしてくれ」

友竹の金切り声が、克二の耳朶（じだ）をかすめ去った。ずきん……ずきん……痛みは去らない。それどころか、みじかい周期の苦痛のあいだに、だれかのささやく声が聞こえた。明野であった。早苗であった。チェシャであった。アリスであった。幻聴を幻聴と認識することなく、かれは夢遊病者のように、半歩前へ泳ぎ出ている。

手摺（てすり）に貼りついた三人は、完全に逃げ場を失っていた。

「あいつ……狂ってやがる！」

友竹が呻いた。

「狂った？　ばかな」

「なぜそんな急におかしくなるのかね……私はかれを編集長に抜擢（ばってき）するといったんだぞ」

理解の限度をこえて、ふたりの企業家は、焦点の定まらぬ眼で克二を見た。

若者の表情は、異様にかがやいていた。ずきん……ずきん……痛覚のたかまりが、かえってかれを、奇妙な浮揚感に導くようだ。ずきん……克二は、自分の両足が床を踏んでいるかどうか、疑った。ずきん……やにわに目の前の三人が、どうしようもなくちっぽけでとるに足らない生きものに見えてきた。かれは、後ろ手でガラス戸を閉じ、三人の退路をふさいだ上で、ゆるゆると庖丁の刃先を前にむけた。

「どぎゅーんん……ドッグワァン……ぶじゅーっ……ポロッポポポー」

克二の口は、ひっきりなしに動いていた。いつどこで、こんなにマンガのタイトルをおぼえていたのか。戦中世代が軍歌を口ずさむように、良かれ悪しかれマンガやアニメで育った世代に、しみついているイメージの残像。

「……世界の民話がメルヘンでファンタジーしたことは、ぼくの花嫁が鉄腕アトムに結納金をもらったばかりに、エイトマンとキューティハニーが結婚するのか、芸術する動機がのらくろとひみつのアッコちゃんの不純交遊で、サイボーグ009は非行におちいったタイガーマスクと文部省で表彰をうけた噂があるんです。だからサザエさんがまことちゃんによろめいてゲゲゲの鬼太郎の下駄の鼻緒が切れ、ドラえもんは巨人の星をめざすでしょうが、タブチくんと山田くんがデキてるとすれば、スーパー・ジェッターと宇宙少年ソランは愛のためにバビル2世をほろぼします……そのときジャングル大帝はアタックNO1！　と叫んでデビルマンにキスするだろう。ではリボンの騎士のぼくは海のトリトンになってやる。アロー・エンブレム！」

　庖丁の刃がきらめき、芳賀たち三人は恐怖の声を洩らした。もはや克二の狂気は動かしようのない現実だ……助けを求めて大声を出そうにも、ここは大都会の中の過疎地であった。管理室は下層にあるが、完全防音のねぐらにはいっているガードマンを、こんな場所からたたき起こすすべがない。叫べばつぎの瞬間、その男ののどに克二の庖丁が飛ぶおそれがあった。三人同時に反撃すれば、庖丁をたたき落せるにちがいない——だが、こっちも無傷ではすまないだろう。貧乏くじをひくのはいやだった。三人が三人とも、あとのふたりはどうでもよかった、自分だけがこの急場を逃れたかったのである。

　両どなりのバルコニーは、プライバシー保持の設計思想により、決して飛び移れない距離に作られていた。

　のこる逃げ道は？

　顔をゆがめた友竹と苫田が、前後してプールを見下した。水の張ってあるプールなら助かる！　若い友竹の方が、先に決断した。

　かれが身を躍らせるのにわずかに遅れて、苫田の姿も手摺のむこうへ消えている。

　パニック状態におちいって、芳賀までが分別を失ったのか、おくればせながらバルコニーの手摺へよじのぼり——はっと色を失った。

断末魔の悲鳴と、骨の砕けるいやらしいもの音、それも二度つづけて。さぞふたりとも、驚愕したにちがいない。満々と水をたたえていたはずのプールが、底にちょっぴり水をのこしていただけとは。

狼狽した芳賀が、手摺から降りようとする。

その眉のあいだに、克二の庖丁が突き出された。

「時間よ止まれ！」

不安定な姿勢で、芳賀は庖丁のぬしを見、恐怖の相を浮かべた。つい数分前、余裕たっぷりに克二に抜擢を告げた老人が、ここまで一足飛びに変貌できるとは。

「あ……明野くん！」

形容し難い戦慄の叫喚が、金歯の奥からほとばしった。

「来るなっ。来ないでくれえ」

幽鬼を見るような顔色であった。わななく手の十本の指が、なにものも存在しない空間をつかんで、のけぞった芳賀は、仰向けの姿勢となって闇の虚空にもんどりうった。

悲鳴ともの音が、果たして克二の耳に届いたかどうか。

その一瞬、なぜ克二の姿が明野のそれに見えたのだろう……相次ぐ友竹と苫田の死に、惑乱した老社長の、単なる幻視であったのか、あれは。深夜の軽井沢で、意表をつく死体との対面が、芳賀の脳裡に強烈な映像となって灼きついていたことは、容易に想像されるところだから。

あるいは、社長の裏切りを怒る心において、明野に完全に同化した克二の肉体までもが、亡き明野そっくりに変身をとげたとするのは、あまりに荒唐無稽に過ぎるであろうか。

とまれ、いまの克二には、芳賀たちの身に起きた惨事は、フィルター一枚へだてた別世界の事件でしかなかった。

「………」

社長の死を見届けようともせず、克二は黙々と踵を返した。

ハンカチを取り出した克二は、思い出したように、そのハンカチで庖丁の柄を拭いてシンクにもどし、ハンカチを持ったままの手でドアのノブを回した。意識のどこかに、犯跡をかくそうという考えがあったようだ。

かれがへやを訪れたとき、ドアをひらいてくれたのは苫田だった。へやにはいって、かれはグラス一杯手をつけなかった。マンションの管理人は、ついに克二に気づくことがなかった……

実際、いままさに宙空に分解しようとした克二の正常な心を、辛うじて体につなぎ止めたのは、エゴイスティックな保身の本能であった。

三人を殺した事実が、暗灰色の世界から、しばらくの間だけでも克二をひきずりもどしたようだ。執拗な頭痛が遠ざかると、みるみる本来の意識が回復した。大変なことをしてしまったとは思う。だが、奇妙なほど犯した罪を後悔する気にならなかった。テレビドラマのなかで、司直に追われる殺人犯になったようで、もうひとつ切迫した気分が盛りあがらず、どこかひとごとみたいに、かれは思考をめぐらせた。

（『蟻巣』のみんなに、頼もう……おれは、苫田のマンションへなぞ呼ばれやしなかった。飲んで、酔って、自分のアパートへ帰った。その代り、むろんおれは、みんなを殺人の共犯あつかいする推理なぞ開陳しなかった……そうなると、おれのアリバイを立証するためには、笙子さんさえ、その気になってくれればいい……）

6

テクノポップの叫喚と、レーザーの乱舞がミックスされて、異次元の宇宙が赤坂一ツ木通りに面したビルの地下一階にひろがっていた。

「おれよう……」

踊りながら、らむがささやく。

「なによ！」

頬をまっかにほてらせて、香奈が怒鳴った。

「辛えんだ……お前にいわずにいることがよう」

「なんだって！　聞こえなーい」

「聞こえないからいってるんだ。おれはお前のおやじさんを刺した。だがおやじさんは、絶対お前にいうなといった……刺したことを後悔するなら、そのぶん娘をかわいがってやってくれとよ……畜生、お前のおやじは、死んでもまだおれの首につけた鎖をはなさねえんだ」

「なにをぶつぶついってんの！　いいわ、そっちがひとりごとなら、私も勝手に吐きだしてやるから……私ねえ……聞こえる、らむ！」

「あ？　大きな声でたのむぜ」

「そうはゆくもんか。小さな声で白状すっけど、ぐれたとき文英社のボスとやっちゃったんよ……明野に聞かれて、大いばりでしゃべってやった。あは、あの男青ーい顔してだまっちまって。怒るかと思ったのに、ほんとに好きな人ができたら、そいつにだけは死ぬまでしゃべるな、それだけだもん。いっそぶん殴ってくれりゃ、すこしは父親扱いしてやるのにさあ。でもこうやって、一所懸命らむに内緒にしてるとこ見ると、あいつのいうこと聞く気になったんかな、私も……らむ！　おい、らむ。こら、らむ」

「なんだよ。口の中でごにょごにょしてやがって」

「ぼつぼつ出ようよ。中央高速とばして富士五湖か、関越走ってもいいしさ」

初夏の夜明けは早かった。白む東の空に追われて、無人の新宿通りを、香奈の真紅のスポーツカーが、赤い矢のように走ってゆく。

「あれ、いまの酔っぱらい……」

助手席かららむがふりかえった。

「ひょろひょろ歩いてる人がいたわね。知りあいなの」

香奈の声が、風でちぎれて後ろへ飛んだ。

「いや。おれの『コミカ』の担当の、ワタちゃんみたいな気がしたけど。いまごろアパートへ帰るのかな」

もう一度たしかめようとしたときは、男の姿はけし粒のように小さくなっていた。

信じられないほど遠望がきく。東京の道路が道路に見えるのは、一日二十四時間のうち、薄明の一、二時間に過ぎなかった。

7

なん度めかのブザーを、克二は押した。

「だれ！」

ドアごしに、突き刺すような笙子の応答があり、つづいてドアスコープで確認したらしく、

「あなたなの、綿畑さん」

音をしのばせてドアチェーンが外れた。

「はいって、早く」

玄関に招じ入れたものの、さすがに笙子も腹に据えかねたようだ。

「こんな時間にどうしたというの」

詰問口調だった。ぼさぼさの髪としわになったネグリジェのせいで、つい数時間前克二のへやを訪れたときより、三つ四つ老けて見える。

「あいつらを……殺した」

「なんですって」

酔いなどこれっぽちものこっていないのに、克二は呂律（ろれつ）が回らなかった。

「あいつらは……『コミカ』を殺した。編集長が、命より大切にしていた雑誌を……」

「いったい、なんのこと」

踏みこみからダイニングルームへの低い段差にぺたと坐りこんで、克二はぐずぐず

としゃべりつづけた。

「編集長は、らむに殺された……」

「じゃあやっぱり！」

笙子の声が少しはずんで、

「私の考えが当っていたのね」

「そのらむさえ、編集長は許した……『コミカ』のために……だが、『コミカ』を殺した芳賀や苫田を、編集長が許すはずはない」

「え」

思いがけぬ名を聞いて、笙子ははっとしたようだ。

「おれは、編集長に代って、あいつらを殺した……はは……やつら当然の報いを受けたんだ」

「綿畑さん」

笙子が、かすれ声で呼びかけた。

「私の聞きちがいかしら……いまあなた、苫田さんを殺したといったんじゃない」

「いったとも」

克二は焦点の定まらない眼で、漫然とキッチンの壁を見、カップボードを見た。

「おれは、苫田を、芳賀を、友竹を殺した」

びくんと笙子の肩がふるえた。

「心配しなくても、いいさ……証拠はない。警察に聞かれたら、おれがずっときみのそばにいたと、そういってよ」

笙子がなにか、声にならぬ声を発した。

電話機に飛びついた彼女は、ダイヤルに爪を立てるようにして回した。

「もしもし……もしもし！　あ……あなたなの！」

たかぶる笙子の声、「あなた」だって。いったい彼女は、だれに電話をかけているんだ。

「えっ、警……」

笙子は息をのみ、みるみる蒼ざめた顔色になった。

「上島？　清水？　ああ！　軽井沢からいらした刑事さんたちですね？　おふたりが、なぜそこに……」

克二もつい耳をそばだてた。あの刑事たちなら、東京を離れたはずだったが。かすかな答えが、克二の耳に届いた。

「友竹を張っていたのですが……見失って……やっとここととわかったものですから……来てみると管理人が大さわぎで……」

なんだ、そうか。ふたりが帰るといったのは、関係者を油断させる三味線だったのだ。ふっと克二は、うす笑いを浮かべていた。みんなうそつき、うそばっかり。

「なんですって!」

笙子が凄まじい声をはなった。

「苫田さんが、プールに落されて……頭を……」

まるで笙子は、呼吸も鼓動も忘れたようだった。

——やがて、ぎりぎりと歯を噛み鳴らした彼女は、受話器はそのまま、克二にむかってヒステリックな声をたたきつけた。

「人殺し!」

その瞬間、ただひとり克二の側に住んでいた笙子の姿が、彼岸に跳んだ。

「苫田さんを……殺すなんて! あの人は、私の一番大切な人だったのに! なぜ……なぜ」

笙子の眼から、涙があふれ落ちた。

克二は彼女の涙の色を美しいと思った。そのゆとりは、もうかれが、恋人の意外な正体に直面しても、揺り動かされる心のなくなった証明である。

ガラスのような魂に、蜘蛛の巣状の亀裂がはいって、克二の精神構造は分断をとげつつあった。

そうか……だから苫田は、おれが「蟻巣」にいることを知った……友竹のことも、笙子が教えたんだ。

胡桃(くるみ)の殻のように硬化し、ひび割れた心の表層に、そんな考えがあぶくみたいに浮かんで消えた。そのあいだをぬって、笙子がかき口説くようにしゃべっている。

「……私が、苫田さんと芳賀さんを、車に乗せて、明野さんの別荘へ連れて行ったの。家の中はまっくらだったから、ダイニングルームで暖房をつけて、明野さんが来るのを待っていた……ところが、ひょいと背中合せのリビングをのぞいたら、明野さん死んでるじゃない！　驚いた私は、あたりがシーズンオフで静まりかえっているのを幸い、ふたりを小諸へ送り届けてから、バイパスと関越高速を使って、大いそぎで東京へもどったわ。私の存在さえみつからなければ、車を扱えないふたりにかかる疑いは、ずっと少なくなると思って……そしたらちょうど、獏谷さんたちがあなたを、へやへ担ぎこむところだった。これ幸いとネグリジェになって、怒鳴りこんでみせたわ……私がずっと、となりのへやで眠っていたと思わせるために。

苫田さんとは、一年前からよ。かれと香奈さんのことを知ったときは、ちょっとショックだったわ。だから私、あなたとセックスしてあげたの。これでフィフティフィフティのつもりでいたのよ」

そういったときの笙子の眼は、壁にかかったゾンネンシュターン描く怪物そっくりの光を帯びていた。

「私が犯人探しに熱心だった理由、よくわかったでしょ……私は、苫田さんにかかった疑いを晴らしてあげたかった。ただそれだけ。もしかしたらあなたは、私があなたに好意を持っているためと、誤解したかもしれないけど」

あなた、だって？　おれはあなたなんて名じゃないと、克二がいおうとしたとき、背後からかれを、

「あなた」

と呼びかける者がいた。ふりむくと、チェシャに似た笙子のペットが、不機嫌そうに赤い口をあけていた。こいつ、男ぎらいの猫なのかな。

また、

「あなた」

という声がした。声のぬしは、ゾンネンシュターンの怪物らしかった。狂気の画匠と呼ばれただけあって、絵から蒼ざめた月の光がさしこむようだ。

「月給泥棒」

とだれか叫んだ。スヌーピーだ。ぬいぐるみが、あめ色の涎をたらして、克二をにらんでいた。

「ちがう、編集長」

克二はわめき、スヌーピーにむかって進もうとした。たまたまその前に笙子が立っ

ていたので彼女を押しのけるつもりで、手をかけた。

とたんに女が、おそろしい叫び声をあげた。

「たすけて！　殺される」

声はほうり出された受話器を経て、赤坂のマンションに来合せた両刑事に、すべてを伝えたにちがいない。

克二はふりむいた。

ドアのあるべきところにドアがなく、灰色の舗道に長い影を曳いて、真紅のスポーツカーが駈け去って行った。らむと香奈は、あの車に乗っていたのかと、克二は合点した。かれらは、そこにいた。ところがおれは、どこにもいない。

亀裂の溝がふかまって、ついに克二はずたずたとなった。人格の破壊、知識の摩耗、理性の消滅、情動の歪曲。ひょいと克二が猫に視線を合せると、相手はそこに未知のけものを発見しておどりかかった。

その猫が、克二にはいっそうチェシャそっくりに見えた。

およしよチェシャ公、おれがお前の友達なら、お前はおれの友達で、いっしょに夢をさまよった、夢の中で夢をみた……

克二の腕が、猫をはげしく振りはらった。

するとチェシャはゴムのゆるんだ飛行機のようにゆっくりゆっくり宙を飛びクロゼ

ットの角に頭をぶちつけるといやいやをする赤んぼそっくり首を二三度ふってみてひげもぶるぶるふるわせたのでありますがやがてバッテリーが切れたのでしょうかとても不自然で見ようによってはグロテスクな恰好で四つ足くたっと投げだしたと思いますとその上に落ちてきたのがスヌーピーだったからおれの頭はずきんずきんと痛みだしたのにベーホがふるむまかをめらすればへふがクルムへトロジャンするのは至極当然のきわみである所以はあーとがコミックであろうとして無限の愉悦に遠のいてずきんずきんと堪え難く淡き地平の曙（あけぼの）は日々ゆるやかに埋没しこみからいずに悲しいな

……

第Ⅴ章

ふしぎの国はめでたしめでたし

ふしぎの国はめでたしめでたし

高らかに、ハートのトランプ兵士が吹き鳴らすファンファーレ。いよいよ克二とアリスの結婚式が再開されたのです。歓喜は地に満ち、天に溢れました。さしも広い王宮の大広間も、この世紀の祝典をひと目見んものとつめかけた人と動物たちでいっぱいです。

やりなおし結婚式の牧師は、ヒゲオヤジの斡旋によって、手塚一座の仲間お茶の水博士がつとめることになりました。着慣れない服を着た博士は、当の花嫁花聟以上にあがって、大きな鼻をほてらせながら、口の中でぶつぶつというべきセリフをくりかえしています。

女王ご夫妻は、この上ないご機嫌で、むつまじく肩を寄せあっておいでです。その御姿を、キリギリスに連れ添ったカバなぞと形容しては、不敬と申すものでしょう。

ヒゲオヤジとニャロメも、いまは仲よく式典に参列しています。曲りなりにもネクタイを締めた探偵はともかく、痩せさらばえた裸の猫が、この敬虔な式典にふさわしいとはいえませんが、もともと猫は裸であるべきです。法服をまとおうがヌードであろうが、ニャロメの本質に変りはありません。

めでたいものはめでたいのニャ。ニャロメは、女王陛下の視線がこちらへ注がれたのを、なんの悪びれるところもなく受け止めて、にやりとしました。女王陛下も、なんとはなしににたりと、竜顔を綻ばせあそばしました。

その後ろに、近衛兵然として聳え立つのは、いうまでもなく鉄人28号です。見おぼえのある顔が、28号の足許にならんでいました。正太郎くんです。女王さまの慫慂によって28号を渡したものの、心配になった正太郎くんがあとを追って、ワンダーランドへやってきたのでした。

かれの腕に腕をからめて、にこにこしている女の子がいます。健康そうな赤い頬、美しい金髪。肩に乗った愛犬トートーを見なくても、ドロシーであることがわかります。またまた嵐で飛ばされたわが家を追いかけて、彼女もこの場にあらわれたのです。

カチャンカチャンと耳障りな音が聞こえます。

「しっ」

ドロシーにたしなめられて、帽子屋と三月兎は、あわててティーカップを体の後ろへかくしました。アリスがティー・パーティに来たときには、意地悪な理屈をふり回した帽子屋たちも、カンザス育ちで鼻っ柱の強いドロシーは苦手だとみえます。

そのドロシーの声を引金に、ウェディングマーチの演奏が開始されました。臨時牧師をつとめるお茶の水博士にむかって、克二とアリスは、ゆっくり歩きはじめます。

克二は右に
アリスは左に
たがいが
たがいの手をとりあって

一歩……
また一歩……

さらに一歩と

じれったいほど間をあけて進んでゆくのでありました。

克二の頬を
の白いヴェ
ス　ー
アリ　ルがひと撫ですると、われにもあらず克二の胸は
高鳴りました。

どっくん
どっくん
どっくん
どっくん

かよわい克二の心臓は興奮のためにでんぐりかえっているようです。
おちつけ克二と、克二は克二にささやきました。もうここには、だまし、つっぱり、へつらい、そねみ、ホンネとタテマエを使いわける三次元の生物はいない

んだ。ほらごらんよ克二。

ドードー鳥とグリフォンのあいだに、克二の友人代表が、なん人か駈けつけてくれているじゃないか。赤いマフラーなびかせて、島村ジョーがいの一番にやってきたのは、むろんサイボーグ009だけが持つ加速装置の威力でしょう。

　つづいて、たったいまデビルウイングをたたみ、少年不動明の姿にかえったデビルマン。空から降り立ったかれを、怪物のおはこをとられたグリフォンが、あきれたようにながめています。もうひとりの大スタア、やけくそ天使こと阿素湖嬢は、三つ揃を着た白兎と、牛の顔亀の甲羅を持ったニセガメにはさまれて、コケティッシュに笑っておりました。金のありそうな白兎と、野性的でツヨそうなニセガメと、どちらとねんごろになろうか悩んでいるにちがいありません。

　突然、ドロシーの肩でトートーがおどろいたように吠えました。一同の前の空間に、もうろうと出現した、物の怪のような影。影は収縮し、凝固して、猫の形をとりました……なんと、それはチェシャ猫です！

　式典の最中であることも忘れ、ニャロメは思わず口走りました。

「ニャロメ！　おミャーは死んだのではニャかったか」

　チェシャはにやにやと、例の人を食ったような笑いを浮かべて答えました。

かすかな理想の灯が夢さ
んり　　夢　　俺い
もも　す　たと
る　の出れ　ぶ
せ　人みま　し
殺されても生きかえるぜ
て　ら望つ　い
しか願　ま　強
決中　み　らは
はの　や　んこ
夢みる力のない者は死ね

「……ま、そういうわけでね。おれだけじゃない、ここにいるみんながみんな、夢の世界の住人は、夢の見えない石頭どもが、なんといおうと生きつづける。非難されても無視されても裁かれ焼かれ裂かれても、又ぞろきっとよみがえる！」

殺されたチェシャの帰還もふしぎのひとつ。なるほどここはふしぎの国でありました。ふしぎを今更ふしぎと感じなくなった克二は、心ひそかに思ったのです。

夢……

あれこそ正しく悪夢だった。人間世界の肌寒くなるような殺人事件にまきこまれ、とうとう克二自身まで、手を血で汚した終幕の悲劇。

そうだ、あの事件の一切はぼくにとっての夢でしかない。夢の中に住みつけば、あっちが夢でこっちが現実。アリスはぼくの愛する妻、ヒゲオヤジやチェシャたちはぼくの親友。

おお、なんと現実はすばらしいんだろう！

悪夢の中を這いずり回っている、あわれでちっぽけな人間どもよ。お前たちはなんにも知りやしないんだ。ふしぎの国が、確固として存在している事実を、いっぺんだって考えたことがあるのかい？

あばよ人間。ぼくはもうお前たちの世界へ帰らない！

克二はアリスと組んだ腕に力をこめ、ひとつ大きく深呼吸すると、神の御座の前に進み出たのであります。

これでおしまい

よいこのみなさん

きどってはみたけど
いきがってもみたけど
がらにないしょうせつで
すいりだじゃれはじかいて
からくもめでたくなりまして、ふたりのしあわせいついつまでもいつまでもいつまでもいつまでもいつまでもいつまでも
いつまでもいつまでもいつまでも
いつまでもいつまでもいつまでもいつ
これじゃおわらない！
いつまでもいつまでもいつまでもいつま
いつまでも

解説——ありすのくにのさつじん

村上貴史
（ミステリ書評家）

■あらためて

改めて辻真先の人気と実力を思い知らされたのは、昨年、二〇二〇年のことである。新作長篇ミステリ『たかが殺人じゃないか　昭和24年の推理小説』が三つのミステリランキングで一位を獲得したのだ。

そんな辻真先という作家を語る上で不可欠な作品が、本書『アリスの国の殺人』だ。

■りていひょう

里程標、といってよかろう。

この『アリスの国の殺人』は、今から四十年前、辻真先が一九八一年に第三十五回の日本推理作家協会賞を長編部門で受賞した一作だ。この作品によって、辻真先はミステリ作家としての地歩を固めたのである——ミステリ作家としての彼を取り巻く状況という面でも、彼自身の内面においても。

状況については、一六年の『残照　アリスの国の墓誌』あとがきで、日本推理作家協会賞を受賞したおかげで各社から注文をいただいたと記している。実際に『アリスの国の殺人』以降、現在に至るまで、数多くのミステリを発表し続けてきている。

内面については、日本推理作家協会のＷｅｂサイトに掲載されている受賞の言葉を紹介しておこう。

「好き、というだけで学生のころから漫然と書きつづけたミステリーが、いつの間にやら骨がらみになって、たとえフルタイムではなくとも、熱い思い入れだけはひけをとるまい、腕をまくり手に唾つけてぶつかろうと、覚悟をかためていた矢先の受賞でした」

そう、覚悟だ。

その覚悟が受賞に直結し、ミステリ作家として辻真先の存在を世の中に知らしめた作品、それが『アリスの国の殺人』だったのである。

■すいりしょうせつとして

推理小説としての魅力を、この解説執筆にあたり、四十年後の視点で改めて考えてみたが、本書はやはり現在でも魅力的である。

主人公を務めるのは、ルイス・キャロルの『不思議の国のアリス』をこよなく愛す綿畑克二。本書の第Ⅰ章から第Ⅴ章では、『不思議の国のアリス』の世界に紛れ込んでしまった彼が体験する出来事の数々が語られる。一方、その五つの章にはさまれるようにして進むのが、マンガの編集者である綿畑克二がゴールデン街のスナック界隈で体験する出来事であり、こちらは第1章から第4章で描かれる。つまり本書は、夢の世界と現実の世界が、それぞれ綿畑克二を主人公として交互に進んでいく小説であり、その両方の世界で不可解な殺害事件が起こるのである。

前者において綿畑克二は、アリス（そう、その世界には実在するのである）と結婚することになる。だが、その結婚式当日、克二は密室状態で猫を殺した犯人として告発されてしまった。彼は即日法廷に引き出される。有罪ならば首をちょんぎられる……。

後者においては、児童書の編集者だった綿畑克二は、望みもしないのにマンガ雑誌の編集部に異動させられ、鬼編集長の下でマンガ雑誌の創刊に従事することになる。遅筆で知られる若手マンガ家を相手に苦戦する彼を待ち受けていたのは、その鬼編集長が殺されるという事件だった……。

この二つの物語において、辻真先は、それぞれに特色のあるミステリを展開している。

前者では特殊な世界を活かし、その世界ならではの盲点や論理を多様に駆使している。例えば、克二の特殊性を、彼に密室での犯行が可能とするかたちで活用もすれば、彼の犯行を否定する方向でも利用するのだ。この知的スリルたるや格別。そもそも一八六五年の小説を舞台に繰り広げられているだけあって、四〇年ほどの時間経過では色褪（いろあ）せたりはしない。

後者においては、この犯罪が抱え込んだ現実的なドロドロをしっかり語りつつ、不可能犯罪を可能にするためのトリックも織り込まれている。それも、読者の目を巧みに他の方向に向けつつ、伏線をしっかりと張り巡らしながら、だ。八一年の状況に依存したトリックではなく、今日でも著者の技巧を堪能できる。

この二つのミステリが、〝『不思議の国のアリス』を愛する綿畑克二の苦悩〟を通じて一つに編み上げられた『不思議の国の殺人』。江戸川乱歩は「うつし世はゆめ　よるの夢こそまこと」という言葉を好んだが、その言葉のようにあちらとこちらを往来する長篇本格ミステリであり、その言葉のように色褪せぬ一冊だ。

■のちにほんかく

後に『本格・結婚殺人事件』（九七年）という作品に改稿されて組み込まれた短篇「生意気な鏡の物語」が、辻真先にとって最初のミステリ作品であった。桂真佐喜名義で雑誌『宝石』の公募に投稿した作品が「昭和38年度新人25人集」（六四年）に選ばれ、同年一月の臨時増刊として刊行されたのだ。一席（天童真と千葉淳平）や佳作（奥野光信と石沢栄太郎）には選ばれなかった作品であり、掲載順も後ろから四番目だが、25人集の目次では先頭に掲載されており、まずまず評価は高かったのではないかと想像する（同じく候補で選ばれたなかに斎藤栄や和久俊三、田中文雄がいる）。辻真先は翌年も桂真佐喜名義での応募を継続し、「仲の良い兄弟」が「昭和39年新人25人集」に収録されるという結果を得た（これは次席となる）。「仲の良い兄弟」は目次で先頭ではなかったが、イラストが山野辺進であり、これはこれでなかなかの好待遇である。この短篇も改稿の上『本格・結婚殺人事件』に組み込まれているので、関心のある方はどうぞ。

その勢いのままに、辻真先は『宝石』の中編賞に挑んだ。〝読者が犯人〟のミステリを投稿したのだが、結果はかんばしくなかった。仕掛けの意気込みは無視され、最終候補に残れなかったのである。それに辻真先は落胆し、一九六三年に開始したミステリへの挑戦を終えた。それまでの本業であったアニメの仕事に集中することにしたのである。

だが、やはりこの才能を世の中は放置しなかったようで、朝日ソノラマがミステリ執筆の機会を提供した。少年向けの叢書《ヤングシリーズ》において、マンガのノベライズやオリジナルのアクション小説などを手掛けていた辻真先が、オリジナルのミステリを執筆することになったのだ。そして七二年に発表されたのが『仮題・中学殺人事件』である。『宝石』で陽の目を見なかった〝読者が犯人〟のミステリだ。その衝撃作と同時に、ついにミステリ作家辻真先が誕生したのである。

この作品は、その後七五年にソノラマ文庫に収録され、シリーズ化された。可能キリコ（通称スーパー）と牧薩次（通称ポテト）が活躍することから、《スーパー&ポテト》シリーズと呼ばれる。このシリーズは、『盗作・高校殺人事件』（七六年）『改訂・受検殺人事件』（七七年）など、二〇一三年の『戯作・誕生殺人事件』まで続く長大なシリーズとなった（牧薩次名義の作品も二作あり、〇九年の『完全恋愛』では本格ミステリ大賞を獲得した）。

朝日ソノラマでのジュヴナイル路線と並行して、七九年に辻真先は大人向けのミステリにも着手する。それがトラベルミステリ『死体が私を追いかける』（後にやはりシリーズ化される）とノンシリーズの長篇『離島ツアー殺人事件』（後に『紺碧（スカイブルー）は殺しの色』と改題）だった。大人向けミステリにアクセルを踏み始め、前述のように覚悟を固めたタイミングで書かれたのが、この『アリスの国の殺人』だったのである。

■くふう

工夫を凝らした本でもある――この『アリスの国の殺人』のことだ。

目次と第一章の間に置かれた前口上の言葉遊びや、第Ⅰ章～第Ⅴ章の扉の鏡文字、第Ⅱ章においてフォントを変更して表現されるしりとり、あるいは第Ⅴ章に登場するタイポグラフィーなど、ミステリ以外の面でも遊び心に満ちた作品なのだ。

こうした仕掛けは、刊行当初から『アリスの国の殺人』には備わっていた――八一年版の方が、さらに多かった。

例えば、目次でも文字の並べ方を工夫して特定の言葉と図柄に見えるようにしたり、帯の言葉（推理作家協会賞受賞作という帯に差し替えられる前の帯だ）も鍵のかたちに見えるように文字を並べている（しかも二つの世界のミステリであることが伝わるようになっていて唸らせる）。また、現実世界を描く第1章から第4章は二段組みにしてある。イラストも入っている。とまあ、ずいぶんと大胆に作られた一冊だったのである。

なお辻真先は、ルイス・キャロルの『不思議の国のアリス』を小学校低学年向けに翻訳したこともある。一九七四年のことだ。朝日ソノラマから刊行されたその翻訳書『ふしぎの国のアリス』に寄せた辻真先のあとがきは、「ゆめ見る心、ふしぎを楽しむ心をわすれないで」という作中の言葉に賛同した胸に響く内容なのだが、ここでは、翻訳に関する部分を抜粋してみよう。

「もとのお話には、イギリスのことばでないとわからない、しゃれやじょうだんがいっぱいなので、日本のみなさんにわかるよう、思いきって書きなおしてみました」「でたらめなおしゃべり、ふざけた歌をつくるのにくろうしましたが、とても楽しんで書けました」

とのことだ。

本書刊行の前年、一九八〇年には学研版の辻真先訳『ふしぎの国のアリス』も刊行されている。朝日ソノラマ版よりもコンパクトに纏(まと)められており、訳文も異なる。こちらのあとがきでも「ムードを生かすため、カットしたりいいかえたり、いろいろとくふうをしたつもりですが、楽しんでいただけたでしょうか」と書いており、遊び心に満ちたこの翻訳経験が、『アリスの国の殺人』にも活かされたものと想像する。

ちなみにこの八一年と翌年に、辻真先は『小説!? Dr.スランプ』『小説!? Dr.スランプの逆襲』という鳥山明のマンガのノベライズを発表している。これらもフォント遊びや二段組み遊びを盛り込んだ作品で、辻真先のアイディアが、とにかく既存の枠を超えて溢れだしていたことを感じさせる。

■にほんすいりさっかきょうかいしょう

日本推理作家協会賞受賞作としても、本書はかなりの異色作として評価されていたようだ。選評を抜粋すると、小松左京「作品の中の二つの次元が見事に一つの構図の中にまとまり、さながらエッシャーのだまし絵を見せられる思いを味わった」、権田萬治「協会賞の授賞範囲を新しい実験的試みを広げる意味で、授賞に賛成した」、山村正夫「きわめて個性的な異色のミステリーである」、結城昌治「とにかく愉しい作品で、感心した。協会賞にこのようなしゃれた作品を得たことを喜びたい」という案配。山村正夫と権田萬治は、都筑道夫とも対比していた。山村正夫「この種の遊戯性を発揮した作風のものは、都筑道夫氏以来絶えているだけに、ユニークさがひときわ光っていた」、権田萬治「都筑道夫の初期の『誘拐作戦』や『三重露出』など叙述形式を重視した実験的な作品に連らなるもの」との評だ。なお、『誘拐作戦』は六二年、『三重露出』は六四年の作品である。ここに「生意気な鏡の物語」（六三年）と「仲の良い兄弟」（六四年）のタイミングを重ねてみるのもちょっと愉快。

■のこりのぺーじ

残りのページ数もだいぶ少なくなってきた――というか、ご依頼を戴いた枚数をだいぶ超過してしまっている。

このあたりで八一年当時の日本ミステリ界の状況を、赤川次郎や西村京太郎、『幻影城』の終焉と冒険小説の時代、島田荘司のデビューなどの切り口で語ろうと思っていたがそこは割愛。駆け足で本書や著者について語っていくことにしよう。

■さくひんたんたい

作品単体に加え、シリーズという観点でも紹介しておこう。

本書を起点として、新宿ゴールデン街のスナック『蟻巣』に集う面々としたシリーズが書き継がれていく。とはいえ、かっちりとしたシリーズ作品というよりは、他のシリーズのレギュラーキャラクターが、それぞれのペースでここに出入りするという〝緩やか〟なシリーズと捉えるのが適切だろう。

辻真先は数々のシリーズ作を発表したが、著者として、シリーズをきちんと完結させる責任を強く意識しているという（読者として、愛読していた作品が中断する悔しさ、悲しさを感じてきたからだそうだ）。その考えを辻真先はきちんと実行に移し、《スーパー&ポテト》《トラベルライター》《ユーカリおばさん》など、次々とシリーズに自らの手で終止符を打ってきた。そして、このスナック『蟻巣』のシリーズも、『残照　アリスの国の墓誌』で閉幕させたのだった。『残照　アリスの国の墓誌』は、昭和二十一年と昭和四十一年の怪事件、そして平成二十七年という三つの時代を繋いだミステリであり、スナック『蟻巣』の閉店も描かれている。本書や、他のシリーズ作品とあわせて読んでみて戴きたい（もちろん単独のミステリとして『残照』だけでも愉しめるように作られているので無理に順番にこだわる必要はない）。

なお、本書八一年版と同じく大和書房から刊行された《スナック『蟻巣』》シリーズの作品が『ピーター・パンの殺人』（八六年）だ。戦時下の事件と現代の事件を重ねて描き、さらに二段組みパートや注釈の多様など、本としての仕上げも本書同様に凝った一冊であった。

また、同じく大和書房から刊行され、タイトルの共通性もある『天使の殺人』（八三年）という作品もある。天国と地上を繋ぎ（？）、〝死者は誰か？　犯人は誰か？　探偵は誰か？〟を描くという、これまた超絶に技巧的なミステリだ。舞台の関係でシリーズには数えられていないが、大和書房三部作いうかたちであわせて読みたい三冊でもある。

■ついでに

ついでにいうと、辻真先は『アリスの国の殺人』に登場した鉄人28号を題材とした小説も書いている。『カラー版鉄人28号限定版ＢＯＸ3』に収録された「殺人28号研究オヨヒ開発完成ニ至ル経過報告書」(一一年)である。零号に始まり28号に至る物語なのだが、辻真先らしい時代意識に基づく皮肉な魅力を備えた作品だ。『鉄人28号THE NOVELS』(一二年)というアンソロジーに収録されているので、そちらで瀬名秀明、芦辺拓、田中啓文の小説と読み比べるのも一興。

■じっせき

実績という観点では、辻真先という人物についてミステリの切り口だけで語るのは、まったく不十分である。アニメやマンガの分野でも大活躍してきた人物なのだ。それらの分野の活動は一九六〇年代から開始し、いくつもの賞を受賞するなどの評価を得ているのだが、活動開始から半世紀以上が経過した今日でも現役である。

アニメの分野でいえば、本稿の執筆中に放送された『名探偵コナン』の一〇〇六話「毒を入れたのは誰」(二一年五月一五日放送)の脚本を務めている。容疑者が限定された状況で毒殺犯が誰かを推理するという、直球の本格ミステリだった。

マンガについては、『追跡者』が一九年に刊行された。一九六八年に原作を担当し、池上遼一が作画した連載マンガだが、原稿が散逸して幻の作品となっていたものである。これを、雑誌原稿等をスキャンするかたちで蘇らせたのだ。ちなみに『アリスの国の殺人』の主人公である綿畑克二の名前は、『追跡者』を蘇らせる上で重要な役割を果たしたマンガ編集者の綿引勝美から拝借したものだそうだ。

■ん？

ん？

そう思った記述が『私がデビューしたころ　ミステリ作家51人の始まり』（一四年）の辻真先の項にあった。デビュー作として一九六三年の「生意気な鏡の物語」について振り返るエッセイ（〇四年の原稿）なのだが、そこに、『アリスの国の殺人』と『仮題・中学殺人事件』に接点があると書かれていたのだ。具体的には同書を参照して欲しいが、その接点は、本書の最終頁にある。一九八一年当時には『仮題・中学殺人事件』も『アリスの国の殺人』も読んでいたが、このエッセイで言及されるまで、そんな繫がりにはまったく気付いていなかった。二〇年以上が経過してから辻真先の仕掛けに気付かされたわけで、いやいや、なんとも油断のならない書き手である。

二〇二一年五月

この作品は１９９０年６月に刊行された徳間文庫の新装版です。
なお本作品はフィクションであり実在の個人・団体などとは一切関係がありません。

徳間文庫

アリスの国(くに)の殺人(さつじん)

〈新装版〉

2021年7月15日 初刷

著者 辻真先(つじまさき)

発行者 小宮英行

発行所 株式会社徳間書店

東京都品川区上大崎三―一―一 〒141―8202
目黒セントラルスクエア

電話 編集〇三(五四〇三)四三四九
販売〇四九(二九三)五五二一

振替 〇〇一四〇―〇―四四三九二

印刷 大日本印刷株式会社
製本

ISBN978-4-19-894659-3 (乱丁、落丁本はお取りかえいたします)